普通のOLがトリップしたらどうなる、こうなる 1

雨宮茉莉

Mari Amamiya

RB

レジーナ文庫

登場人物紹介
メル
宿屋にやってきた客。
ワイルド系のイケメン。
ただの旅人だと思っていたら、
実は……!?
世良《せら》綾子(セイラ)
突然、異世界にトリップした
OL。行き倒れていたところを
ヒューゴに拾われ、村の宿屋
で働き始める。

ジーナ&ヒューゴ
宿屋兼食堂を営む夫婦。
異世界でのセイラの親代わり。
サイラス・ロンバート
突然、村にやってきた
大国セフィラードの王。
セイラを「愛妾」にしたがるが、
何やらワケがありそうで……?
ヘイズ・マグワイア
セフィラード王の近衛隊の
副隊長。エリートだが年若く、
モデルのような顔立ち。
イヴ
セフィラード国の城に勤める
侍女。男爵令嬢。寡黙で
生真面目な女性。
ローリ
セフィラード国の城に勤める
侍女。子爵令嬢。たおやかな
印象の女性。

目次

普通のＯＬがトリップしたら
どうなる、こうなる１

第一章　ブランシャール編

「ここ、どこ……？」

目を覚まし、半身を起こした私――世良綾子《せらあやこ》は呆然として呟《つぶや》くが、返ってくる言葉はない。

右を見ても左を見ても、木々が生い茂っているばかり。

状況が呑み込めない不安から、地面についていた手を握り込む。するとカサリという音がしたので、地面に視線を向けた。

そこにあったのは、慣れ親しんだアスファルトではなかった。茶色い枯れ葉が、まるで絨毯《じゅうたん》のように敷き詰められている。

その上に座り込んでいる私の周りを、見たことのない虫が忙しそうに歩き回っていた。

「っ！」

声にならない悲鳴を上げ、慌《あわ》てて立ち上がる。身体に虫がくっついているかもしれないと思い、必死に手で払った。

「気持ち悪い……な、なんなのよ、ここ……」

再び視線を巡らせるものの、やはり見覚えのない場所だ。

「山？　森？」

目を凝《こ》らしても、場所の手がかりになりそうな建造物などは見当たらなかった。

「どうして……どうして私がこんなところにいるのよっ！」

半《なか》ば叫ぶように上げた声は、周りの木々に吸いこまれていく。

少し乱れた息を整えようと、深呼吸を繰り返した。

すると、土と太陽の匂いが鼻腔《びこう》をくすぐる。

……昔、こんな匂いをほぼ毎日かいでいたなぁ。

陽射しを浴びて元気にグラウンドを駆《か》け回った、体育の授業。そのあとは、決まってこんな匂いがしたっけ。

懐かしい匂いをかいだことで、ほんの少し冷静さを取り戻す。

「落ち着かなきゃ……落ち着いて……」

目を閉じて耳を澄ますと、色々な生き物の鳴き声が聞こえてくる。チリリという鈴のような虫の声に、ピィーという高い鳥の声。

ゆっくりと目を開けば、木々の隙間《すきま》から射し込む太陽の光が見えた。その光を浴びて、緑色の葉が鮮やかに輝いている。

結構良いところかもしれない。

――友達や恋人や家族と一緒ならば。

――自分が知っている場所ならば。

――自分の意思で来たならば。

しかし今は一人ぼっち。ここがどこなのか、どうしてこんなところにいるのかもわからない。

頼みの綱《つな》は手の中の携帯だけ。しかし、残念ながら圏外《けんがい》……さらに悪いことには、充電も残り半分を切っている。

考えれば考えるほど、不安と焦りだけが募っていく。わずかに取り戻した冷静さは、あっという間に失われた。

「嘘だと言ってよ……誰か、誰か助けて！　お母さん、お父さん！　……神様!!」

1　突然のトリップ

——その日は、いつもと変わらない一日になるはずだった。

「綾子、あんたまだ結婚しないの？」

金曜の午後。パソコンと書類の数字を見比べていると、同僚の山口紗枝《やまぐちさえ》が話しかけてきた。

私と彼女は二年前、事務機材を取り扱う会社に入社し、総務課に配属された。それ以来、気の合う友達として付き合っている。

お互いの恋愛遍歴はもちろん、彼氏には言えない失敗談まで暴露し合った仲だ。

だから、彼女の質問には遠慮がない。

「んー、私はそろそろしてもいいかなあと思ってるんだけど。いくら草食系とはいえ、プロポーズくらいは向こうにして欲しいんだよね」

苦笑しつつ本音を漏らす私に、紗枝が尋《たず》ねてくる。

「付き合ってもう五年だっけ？」

「大学のときからだから、それくらいになるかなぁ？」

今の彼氏とは、大学の一回生の終わり頃から付き合い始めた。友達として遊んだりしているうちに惹《ひ》かれ合った。

とはいえ、さすがに五年も経つと情熱は薄れ、互いにいい意味で空気のような存在だ。一緒にいてもそれぞれが好きなことをしているし、沈黙が続いても気まずくならない。熱烈な愛情こそないものの、この人との家庭なら想像できる——そんな関係だった。

だが、肝心のプロポーズはまだされていない。

「このままだと、ゴールは遠そうだねえ」

彼氏の草食男子ぶりを知っている紗枝は、遠い目をしながら言った。

「まあ浮気するような人ではないし、気長に待ちます」

「私の方が早かったりして」

「まだ彼氏もいない人には、負けませーん」

「わかんないよ？　私ねえ、今日合コン行くの。そこで運命の出逢いがあるかもしれないし」

紗枝はにんまりしたあと、一瞬迷うようなそぶりを見せて再び口を開いた。

「でさ……その合コンなんだけど、綾子も行かない？」

私はふうと息を吐いてから、紗枝を軽く睨《にら》む。

「それが本題なんでしょ」

紗枝から飲みに誘われることはよくあるが、合コンの誘いは初めてだ。もちろん彼氏の存在を知られているからというのもあるけれど、一番の理由《ワケ》は別にある。

――似ているのだ。私たちの雰囲気とか、異性の趣味が。

私も紗枝も、こげ茶色のセミロングヘアで、体型もそっくり。さらには好きな俳優も、好きな映画も好きな本も、ことごとく同じ。

趣味がよく似ているからこそ、二年という短い時間でこんなに仲良くなれたわけだけど。

……二人で飲むのは最高に楽しいが、合コンではキャラや気に入る相手が被ることが予想されるので最悪だ。だから決して誘ってこないと思っていたのに……

一体どういう風の吹き回しだろう。

理由を聞いてみると、とても単純なことだった。

今日参加するはずだった女の子のうち二人が、来られなくなったらしい。

一人は風邪で寝込んでしまい、もう一人はものもらいができてしまったという。

確かに、合コンにまぶたが腫《は》れた状態で参加するのは嫌だろう。

不参加が一人だったら、男四人に対して女三人だから、まあギリセーフ。男四人に対して女二人だとちょっとキツイ。女子の一人がトイレにでも立とうものなら、一気に四対一だ。

でも合コンをキャンセルするには惜しいランクの男性ばかりなのだそう。そこで急遽《きゅうきょ》、私に白羽の矢が立ったというわけだ。

ま、彼氏持ちだから恋敵《ライバル》にもならないし、うってつけなんだろう。事情はよくわかったけれど、いざ参加するとなると少し考えてしまう。

「お願いっ！」

「……彼氏いるしなあ」

「いいじゃん。どうせ数合わせ要員なんだし。座っててくれるだけでいいから！　普通にご飯食べて、お酒飲みに行くだけだと思って。ね？　お願い綾子！」

紗枝は顔の前で両手を合わせ、上目遣いで頼んでくる。

滅多に人を頼らない親友にこうまでされては、さすがに断れない。

「ま、別にいいけど……明日のランチ奢《おご》ってくれる？」

「デザートも付けちゃう！」

「よし、乗った！」

「ありがとう！　やっぱ、もつべきものは親友だね！」

そう言って、勢い良く抱きついてくる紗枝。

「ゴホン」というわざとらしい咳払《せきばら》いが聞こえたのでそちらを見ると、上司が睨《にら》んでいる。私たちは慌《あわ》てて仕事に戻った。

彼氏には悪いが、たまにはこうやって危機感をもたせることも必要だろう。そんな軽い気持ちで、合コンへの参加を決めたのだった。


「山口紗枝で～す。二十四歳、トキワ興産《こうさん》で総務してま～す」

「世良綾子です。二十四歳、私も彼女と同じ総務課で働いています」

全員が簡単な自己紹介をしたあと、食べたり飲んだりしながら合コンは進む。

紗枝が言っていた通り、確かに男性陣のレベルは高い。その上ガツガツしておらず、大人の余裕を感じる。

会場であるイタリアンレストランも良い雰囲気だった。

彼氏がいる私は、女性陣のフォローをしたり場を盛り上げたりと、裏方に徹した。もちろんこの合コンで新たな恋を見つけようなんて気はなかったのだが、隣に座っていた男性とメアドを交換してしまった。

草食系かと思っていたら中身は肉食系だったようで、一度ははぐらかしたものの断り切れなかったのだ。

仮にも合コンに参加しておいて、連絡先の交換を強く拒否するのも不自然だし……仕方ないよね？

そんな言い訳を自分にしながらも、その強引さにグッときたというのが本音だ。

彼氏に対してちょっぴり罪悪感があったけれど、帰宅途中に相手から早速送られてきたメールを見て、思わず笑みを浮かべてしまった。

自宅に戻ってすぐ、靴を脱ぎながら返信メールを打つ。

実は最近ほんの少しだけ、彼氏が自分を女として見てくれないのを不満に思うことがあった。そんな中、今回合コンで久しぶりに女扱いされて、ちょっと満足感を覚えていた。

とはいえ、彼氏を裏切るつもりは全くない。

私は返信メールの文面が当たり障りのないものであることを確認してから、送信ボタンを押した。

そして携帯を、ベッドにポイッと投げ捨てながら考える。

あとはお風呂に入って、寝ればいい。

頭ではそう段取りをつけるが、お酒の入った身体はこのまま眠ってしまえと訴える。

……だめだ。せめてメイクは落とさないと、明日後悔する。

のろのろと洗面所に向かい、メイクを落とす。着ていた服をその場に脱ぎ捨てると、部屋着《ルームウエア》に着替えて歯を磨《みが》いた。

今は春先の涼しい時季なので、日中はほとんど汗をかかない。シャワーは明日の朝にしようと考えて、ベッドに倒れ込んだ。

その拍子に、手に当たった携帯を持ち上げる。

彼氏には紗枝に頼まれて合コンに行くと伝え、ＯＫをもらっていた。

さすがの草食君でも、『まだ飲んでるのか？』とか『もう家に着いた？』とか聞いてくれるかな、と期待しつつ携帯を確認するが、着信もメールもない。

「全く……信用されてるって喜ぶべき？　それとも無関心すぎると怒るべき？」

そんな複雑な気持ちで携帯を握りしめたまま、私は眠りに落ちていった。

――はずだった。

◇　◇　◇

「誰か助けて!!」

半狂乱になって叫んでも、誰も助けに来てくれず、時間だけが過ぎていった。

日が陰り始め、森は薄暗く不気味な雰囲気を漂《ただよ》わせつつある。

時間の経過と共に少し冷静さを取り戻した私は、改めて状況を確認してみた。

「名前は世良綾子、歳は二十四歳、トキワ興産のＯＬで、家は——」

心細さから、ついつい声に出してしまう。

「うん、覚えてる。大丈夫。別に頭が変になったわけでも、記憶喪失になったわけでもない。服は部屋着のままで、靴も履《は》いてない。でも足の裏は汚れてないから、夢遊病とかでもなさそう」

モコモコとした部屋用の靴下には、ほとんど汚れが付いていなかった。だから、自分で歩いて来たのではないことがわかる。

「まさか……誘拐だったりして」

自分で言っておいて、すぐに『それはない』と首を振る。

「……どんな間抜けな犯人でも、人質に携帯持たせたままってことはないよね」

そう呟《つぶや》いて携帯をギュッと握りしめたとき、最悪なことに気が付いた。

——持ち物は、これだけ。つまり、財布……お金がない。

現代社会では、お金さえあれば何とかなる。足りないものは買えばいい。道がわからなければタクシーに乗ればいい。お腹が空《す》いたらレストランに入ればいい。

そんな当たり前のことさえ、今の私にはできないのだ。

「と、とりあえず……日が完全に落ちる前に森《ここ》を出なきゃ」

震える声で、小さく呟く。

今は静かな森でも、夜になると野生動物が出るかもしれない。

ウサギやリスなら可愛いものだが、イノシシや野犬に遭遇したらと思うと怖くて仕方がない。ましてや熊などに遭遇してしまったら……そうならないことを祈るばかりだ。

森を出ようと決めたものの、サバイバルの知識などない私は、太陽の方角からかろうじて東西南北がわかる程度。

それに虫が大の苦手なので、本当なら一歩たりとも動きたくない。

しかし、そんなことは言ってられない。ここにいたら死ぬかもしれないのだ。

「まずは……川を探そう。川に沿って山を下れば、街に出られるかもしれないしね」

そんな微《かす》かな希望を胸に、私は歩き始めたのだった。

「……はぁ、はぁ」

自分の荒い息遣いだけが聞こえる。

この森を抜けようと歩き出して、今日で三日目。

幸い野生動物には遭遇していないが、人や出口も見つかっていない。

というのも、靴を履《は》いていないので、小枝や小石だらけの山道を思うように歩けないのだ。

かろうじて川は見つけたが、それに沿って下っても、街は一向に見えてこない。

こんな非常事態であるにもかかわらず、川の水を飲むことには抵抗があった。

なんせ、水道水も飲まない現代っ子だ。水といったら、ミネラルウォーターをコンビニで買うものだと思っていた。

煮沸《しゃふつ》もしていない川の水を飲むなんて無理。不衛生だし、お腹を壊しそうだ。

だから、ひたすら我慢していたのだが……耐えられたのは、昨日までだった。

飲まず食わずで二日間さまよい続け、すぐ横には綺麗な川。

もう限界だと思い、川に顔を突っ込む勢いで流れる水を口にした。

——ただの水を、あれほど美味《おい》しく感じたことはない。

案の定、お腹の調子は良くない。それでも、干からびてしまうよりはマシだ。

しかし固形物を食べなければ、飢《う》えはしのげない。

何度か野生のキノコが生えているのを見たが、見た目からして毒々しいそれらに手を出す勇気はなかった。

せめて果実の類《たぐい》でもあれば、手を伸ばしたかもしれない。

だが、これだけ木があるというのに、果実が生《な》っているものは見当たらなかった。

その上、身体がどれだけ疲れていても、熟睡できないのだ。

野生動物に襲われるのが怖くて、小さな物音で飛び起きる。そんな夜を過ごしていた。

このままでは、確実に衰弱死してしまう。

平和な日本に住んでいながら、まさかこんな目に遭うとは思いもしなかった。

それでも気力を失っていないのは、川に沿って下るにつれ、木々の密度が薄れていくのを実感していたからだった。

心は『早く、早く』と急《せ》くものの、身体がついていかない。

しかし、やがて前方に木々の切れ目が見え、私の目から涙が溢《あふ》れ出た。

——助かった!!

あちこち痛む身体を、気力だけで無理やり動かす。

やっとのことで森を出た私は、辺り一面を見渡した。

どうやら私がいたのは、巨大な山だったようだ。背後にそびえるそれを見上げて、三日で抜け出せたことは幸運だったかもしれないと思う。

だが、全てが解決したわけでもなさそうだ。眼下には、馴染《なじ》みのない景色が広がっている。

アスファルトも車も、ビルも電線もない。かといって、田んぼや畑があるわけでもない。

――ここは一体、どこ……？

そのとき、携帯の存在を思い出してハッとする。慌《あわ》てて確認すると、私の目に映った文字は『圏外《けんがい》』。

一気に身体から力が抜け、立っていられなくなる。体力はとっくに尽きていて、気力も限界だったのだ。

携帯が手から滑り落ち、自分の身体も崩れ落ちていく。

草が生い茂る柔らかい地面に倒れ込むと同時に、私の意識は闇に呑み込まれていった。

◇◇◇

――暖かい……

顔を押し付けている枕から、柔らかなハーブの香りと微《かす》かな太陽の匂い。それにどこからか、パンの焼ける香ばしい匂いが漂《ただよ》ってくる。

意識がはっきりしてくるにつれ、ひどい夢を見たことを思い出した。

そのとき、ふと疑問に思う。一人暮らしなのに、どうしてパンの焼ける匂いがするのだろう。

身体はまだ寝ていたいと主張するが、無理矢理起き上がって目を開いた。

陽射しの眩《まぶ》しさに思わず目を細める。その目に映ったのは――自分の部屋ではないどこか。

都会のマンションの白い壁紙に慣れた私には、まるで馴染みのない木の壁。家具も全て木製だ。古そうだが、よく手入れのされた家だ。

天井に照明はなく、明かりは大きな窓から射し込む日の光だけ。それでも室内は十分に明るい。

温かみのある素敵な部屋だが、全く心当たりがない。

「ここ……どこ？」

呆然として、この数日間で何度口にしたかわからない言葉を呟《つぶや》く。

夢だと思っていた……いや思いたかったけど、どうやら現実だったようだ。

気を失って倒れていた私を誰かが見つけて、病院かどこかに運んでくれたのだろう。

とりあえず、餓死と、野生動物の餌《えさ》になることは免《まぬが》れたらしい。そう思って安堵したとき、わずかな音と共に部屋のドアが開いた。

看護師さんかな？　と予想した私は、そこから顔を覗《のぞ》かせた人物を見て驚いた。

――え？　外国人……なの？

日本人には馴染《なじ》み深い、こげ茶色の髪と瞳をもつ五十代半《なか》ばくらいの女性。けれどその顔立ちは、明らかに日本人のそれではない。

倒れる直前までさまよっていた森は、確かに見覚えのない場所だった。まさか私は今、海外にいるのだろうか？

混乱して、思わず固まってしまう。

私が目を覚ましているのを見て、女性は一瞬目を見開いたあと、笑みを浮かべて近寄ってきた。

「――――――、――――、――――？」

耳慣れない言語で話しかけられたが、当然何を言っているのかわからない。

「――？　――――。――――――――、――――？」

戸惑う私をよそに、女性は早口で話し続ける。注意深く耳を傾けても、やはりどこの国の言葉かわからなかった。

「あのっ、すみません。もう少しゆっくり話してもらってもいいですか……？」

　まず日本語は通じないだろうと判断した私は、拙《つたな》い英語で話しかけてみる。文法は多少変でも、言いたいことは伝わるかもしれない。

「――、――。――――?」

　だめだ。英語も通じないらしい。

「ニイハオ、ボンジュール、ナマステ、チャオ、オラ、トゥリマカシー、ジャンボ――」

　こうなったら、意味なんてどうでもいい。色んな国の言葉を、思いつく限り口にする。何か一つでも反応してくれたら女性の国籍に大体の見当がつく。

　しかし女性は困った顔でこちらを見つめるだけだったので、私は諦めた。

　俯《うつむ》いてしまった私の肩を、女性がポンポンと優しく叩く。励ましてくれているのだろう。そのまま肩に置かれた手の温もりを感じながらも、私の心は不安でどんどん冷えていった。

　――この日から、私の新しい生活が始まったのである。

2　OLから村娘へ

「セイラご飯だよ！　今日は夕方から忙しくなりそうだから、食べられるときに食べておきな！」

ジーナさんの大きな声に「はい！」と返事をしながら、私はお客さんが帰ったあとのテーブルを片付ける。

彼女は私が目覚めたとき介抱してくれた女性で、この宿屋兼食堂を夫であるヒューゴさんと二人で経営している。

厨房《ちゅうぼう》を見ると、料理人であるヒューゴさんが、美味《おい》しそうな賄《まかな》い料理を用意してくれていた。

——早いもので、私がこの世界に来て二年が経つ。

自室に戻った私は、ヒューゴさんが作った魚のトマト煮を食べながら、ここに来た当初のことをボンヤリと思い出してみる。

目覚めたら見知らぬ森にいた私。死ぬ思いでその森を抜けたものの、結局行き倒れてしまった。

私を見つけてくれたのは、ヒューゴさんだった。人口八十人程度のこの村に病院はなく、ヒューゴさんが営《いとな》む宿屋に私は運び込まれた。

命は助かったものの、言葉は通じず、自分がいる場所がどこなのかもわからない。

日本じゃないかもしれないとは思ったけれど、地球上のどこかであることは信じて疑わなかった。

どうやら『異世界』に迷い込んでしまったらしいと気付いたのは、かなり時間が経ってから。

――誰かに話したら突拍子もないと笑われるかもしれないが、まぎれもない事実。

何しろこの世界の人々は、地球というものが何なのかすら知らないのだから。

私が目覚めた直後、ジーナさんは自分の胸をトントンと叩きながら、「ジーナ」と繰り返した。それを何回も聞いたあとで、ようやく彼女の名前だと理解した。

私は名乗り返そうと口を開きかけたものの、躊躇《ちゅうちょ》した。助けてくれた恩人とはいえ、見ず知らずの彼女を信頼していいものか迷ったのだ。

だから念のため、下の名前は明かさず名字の『世良』だけを名乗ることにした。

ジーナさんたちにとって『世良』というのは発音しにくいようで、『セイラ』という呼び名が現在は定着している。

今でこそ日常会話は問題なくできるが、ここまで話せるようになるのに二年近くかかった。何しろ「これは何ですか？」と尋《たず》ねたくても『何』という単語がわからないのだ。

仕方なく、私は身近な物の名前から覚えていった。

たとえば林檎《りんご》を手に取り、ジーナさんの眼前にズイッと突き出す。不躾《ぶしつけ》かもしれないが、私が言葉を練習中だと知っているジーナさんは、この世界での林檎の名前を繰り返し発音してくれた。それを私も真似して口に出す。そうやって、少しずつ語彙《ごい》を増やしていったのだ。

半年が経ち、片言ではあるが何とか意思の疎通ができるようになった頃、偶然にもこの世界における『何』という単語を知ることができた。

それはジーナさん夫妻と共に、食堂の新メニューを考えていたときのこと。

ふと、いたずら心が湧いた。

——アレを見たら、二人はどういう反応を示すだろう、と。

私はお店の厨房《ちゅうぼう》で『おはぎ』を作ってみた。クッキーやケーキはこの世界にもあるが、あんな独特の形状のお菓子はさすがにない。

小豆《あずき》によく似た豆で作った『おはぎ』もどきは日本で食べていた物にそっくりで、私は懐かしくなった。

早速ジーナさんたちに見せると、二人は怪訝《けげん》な表情で「コレ、何だ？」と呟《つぶや》いた。

私はハッとして、手近にあった林檎をつかみ、二人の目の前に差し出した。そして二人が口にした言葉を真似てみると、彼らは「林檎だ」と答えてくれたのだ。

それからというもの、私は言葉だけでなく、この世界についての様々な知識を急速に身につけていったのだった。

さらに一年が経ち、すっかり言葉に不自由しなくなった頃、宿屋で住み込みで働かないかと誘われた。

そうなれば、わずかだが給金がもらえ、住む場所にも食事にも困らない。この世界では身寄りのない私にとって、願ってもない話だった。

ここに来て間もない頃は、身体が回復したら法外な金額を請求されるんじゃないか？もしくは売り飛ばされるんじゃないか？　などと疑い、ビクビクしながら過ごしていた。

だが恐れていたような事態にはならなかったばかりか、ジーナさんたちは私の過去さえ尋《たず》ねなかった。「何も聞かないんですか？」と私から切り出してしまったほどだ。

それでも二人は「話したくなったら話してくれればいいよ。誰にでも、話したくないことの一つや二つあるもんさ」と言ってくれたのだった。

そんな彼らのことを、私はいつしか心から信頼するようになっていた。だから宿屋で働くことを、二つ返事で了承したのだ。

懐かしく思い出していたら、階下から呼び出しがかかる。

「セイラ、すまないねえ。少し混んできたから手伝ってくれるかい」

ジーナさんの読み通り、夕方を迎えて忙しくなってきたみたいだ。ありがたいことに、村に一軒しかない宿屋兼食堂は繁盛《はんじょう》していた。

「今行きます！」

私は残っていた料理を急いで頬張《ほおば》り、自分の部屋を出る。

この部屋は、私が最初に目を覚ました部屋だ。元は客室だったようだが、あの日以来、私が借りている。

二階から下りていくと、常連客の一人が「セイラちゃん、休憩だったのかい？」と親しげに声をかけてきた。

今ではこの店の看板娘——というには若干年をとっている気もするが——として、村人からも受け入れられている。

「ところで、今日のおすすめはまだあるかい？」

先程声をかけてきた常連客に尋《たず》ねられた私は、厨房《ちゅうぼう》の方へ向かう。

「ヒューゴさん、今日のおすすめ、まだ残ってますか？」

「ああ、まだ大丈夫だ。休憩中だったのに、すまないな」

鍋の中身を確認したヒューゴさんが、カウンターから顔を覗《のぞ》かせた。長めの髪を一つにまとめ、あごひげを蓄《たくわ》えた姿はなかなかに渋い。おしゃべりで陽気なジーナさんに対して、ヒューゴさんは真面目で実直。お似合いの二人である。

「ありがとうございます。じゃあ『何杯でも食べてください』って伝えてきますね」

厨房を離れ、お客さんのもとに戻る最中にも次々と声がかかる。

「セイラちゃん、こっちにビールを頼む」

「この肉美味《うま》いな、もうひと皿追加できるか」

客席の合間を縫って歩き、慣れた動作で給仕する。

客のほとんどは傭兵《ようへい》だ。この宿には――というよりこの村には、地理的な事情で傭兵が滞在することが多い。

「おい、聞いたか？　あの噂《うわさ》」

「ああ。王太子派と大公派が戦《いくさ》を始める日が近いみたいだな」

「どっちが王位に就《つ》こうがどうでもいいから、早くこの内乱が終わって欲しいよ」

「何を言うんだ。王太子のレオンハルト様が王位に就くべきだろ」

「だがレオンハルト様は病弱だというし、先王の弟である大公様《マーカム》の方が、国王に相応《ふさわ》しいんじゃないか？　何と言っても、武勇で鳴らした方だしな」

「……武勇は認めるが、残虐すぎる。民を虫ケラのように扱うマーカム様は、王の器《うつわ》ではないだろう」

「それを言うなら隣国《セフィラード》の国王は、マーカム様よりずっと残虐だというじゃないか。通ったあとには草一つ残らない、冷酷な死神だってな。でも、あの国は俺たちの国《ブランシャール》よりよほど豊かだぞ」

「確かにな。ま、いずれにせよ早く決着をつけてもらいたいものだ。セフィラード王が、この好機を逃すとは思えないからな」

「ああ、全くだ」

お酒が入った男たちの大きな声は、聞くつもりがなくとも耳に入ってくる。どのテーブルも、同じ話題で盛り上がっているようだ。

戦《いくさ》……。想像するだけで肌が粟立《あわだ》つ。しばし考え込んでいた私は、お客さんに呼ばれて我に返り、仕事に戻った。

その日の夜、仕事を終えた私は自室で一人、戦について考えていた。

この大陸には、土地を東西と南に分ける形で三国が存在している。一番大きな国は死神のように冷酷な王が治めていると噂《うわさ》される東のセフィラードで、大陸の半分以上を占めている。私がいる国――ブランシャールはセフィラードの西に位置しており、他の二国より小さいが、歴史はもっとも古い。南にあるスウォードという国は閉鎖的で、他国とほとんど交流がないらしい。

そして食堂でお客さんたちが話題にしていたこの国ブランシャールの内乱は、二年ほど前に国王が亡くなったことがきっかけで始まったという。王位をめぐり、前王の実子である王太子レオンハルト様と前王の実弟である大公マーカム様が争っているのだ。

この村は王太子派だが、大公派の領地と隣国セフィラードに挟まれている。そのため大公派の領地との間で諍《いさか》いが絶えず、また隣国が内乱に乗じて攻め込んでくるという噂もあって、たくさんの傭兵《ようへい》が出入りしているのだった。

どっちが国王になっても、私たちの生活は大して変わらないだろう。どっちでもいいから、早く王位に就《つ》いて欲しい。

もしも死神陛下――セフィラード王がこの地を治めることになったらと思うと、ゾッとする。敗戦国の民として奴隷《どれい》のように働かされ、重税に苦しむことになるのだろうか。

今以上の肉体労働をさせられたら、私はとても耐えられそうにない。

村の人たちは、皆たくましい身体つきをしている。機械など一つもない世界なので、農作業にしろ日常生活にしろ力がいるからなのだが、私はといえば、未だに井戸から水を汲むだけで疲れてしまう。

ただ、そんな私にも、ひとつ村の人たちの役に立てることがあった。小学校から大学まで十六年間も勉強してきた私はここでは、かなり博識らしい。

この世界では、まともな教育を受けられるのは貴族や裕福な大商人の子弟だけで、村に住む人たちは教育らしい教育を受けたことがないという。

そのような中、私のもつ数学の知識はとても重宝された。

便利な公式をたくさん知っているし、総務課で働いていた私にとって数字は身近なものだった。

だから、この宿の帳簿付けを任されたのだ。

ジーナさんもヒューゴさんも、とても喜んでくれている。ようやく二人の役に立てた気がして、私も嬉しい。

でも……この世界で生きていく術《すべ》を見つけ、それなりに楽しい生活を送っているところへ、戦争の影が忍び寄っている。

私はランプを消してベッドに潜り込み、『どうか明日も平穏な一日でありますように』

と願うのだった。

◇　◇　◇

「セイラ、ちょっといいか？」

ある日、仕事を終えた私はヒューゴさんに呼び出された。

「急にすまないな。来て欲しいところがあるんだ」

そう言われて連れて行かれたのは、私が行き倒れていた場所だった。

来るたびに、懐かしいような、腹立たしいような、何とも言えない気持ちになる。

実は、ここには何度も足を運んでいるのだ。——携帯を探すために。

村で暮らし始めてしばらく経ってから、持っていたはずの携帯がないことに気付いた。

気を失ったときに落としたんだろうと思い、暇を見つけては探しに来ていたのだ。

もし誰かに拾われたならば、不思議な機械に小さな村は騒然となるはず。だが、未だにそんな騒ぎは起きていない。

——だから、きっとまだここにある。

そう信じて、あれから二年以上経った今も探し続けていた。

当然、充電は切れているだろうし、それどころか雨に濡れて壊れている可能性が高い。

だが私がかつていた世界が現実のものなのだと、妄想の産物などではないのだと、唯《ゆい》一《いっ》証明できる存在なので、諦められなかった。

いや、いっそのこと、あの世界が私の夢だったら良かったのに……それなら、私がいなくなったことで親しかった人たちを悲しませなくて済むのに……

そんな複雑な思いで、夜風に揺れる草を眺めた。

私の隣で同じように草を見つめていたヒューゴさんが口を開く。

「ここで初めてセイラを見たときは、死んでるのかと思ったよ」

「ヒューゴさんが見つけてくれなかったら、本当に死んでたかもしれません」

私の言葉に、ヒューゴさんは小さく頷《うなず》く。

すると二人の間を、ザアーッと風が吹き抜けた。この二年でかなり伸びた私の髪が、風に靡《なび》く。肩につかないくらいの長さだったのに、今では胸の辺りまである。

手で髪を押さえながら、ふと顔を上げると、ヒューゴさんと目が合った。

「セイラ……これに見覚えはあるか?」

そう言って、ヒューゴさんがズボンのポケットから取り出した物。

――携帯電話だ。

「……こ、これ！　私のです！」

私は震える手で、それをヒューゴさんから受け取る。

プラスチックカバーは艶《つや》を失ってざらつき、変色していた。だが、そのボロボロのカバーを外してみたら、意外と本体は綺麗なまま。

――まさか、ね？

そう思いながらも、微《かす》かな期待を込めて電源ボタンを押してみた。

「嘘っ……」

携帯の画面には、あの人工的で懐かしい光が煌々《こうこう》と点《とも》ったのである。

信じられないという思いと、もしかしたら帰れるかもしれないという思いが溢《あふ》れて言葉が出ない。

「やはり、セイラの物か……」

「……ヒューゴさん、どうして私の物だと思ったんですか？」

見慣れないからといって、私の物とは限らないはずだ。傭兵《ようへい》たちの落とし物かもしれない。

「あの日以来、セイラが暇を見つけてはここで何かを探していたのは知っていた。それに、まだ言葉が不自由だったとき、『これくらいの青くて四角い箱を見なかったか？』

と身振り手振りで俺やジーナに尋《たず》ねたことがあっただろう？」

「あ……」

一応目立たないように探していたつもりだが、気付かれていたとは。その上、一度だけ尋ねたことを覚えていてくれたなんて。

「よほど大切な物を失くしたんだろうと思って、ここを歩くときには気を付けていたんだ。幸い……と言っていいのかわからんが、この辺りは自警団の巡回路になっているしな」

「そうだったんですか……」

「今日、見回りしてたら偶然足に当たったんだ。とはいえ『青い箱』と聞いていたから違うかとも思ったんだが、聞くだけ聞いてみようと思ってな……」

「あ、本当だ。確かにこれじゃ『黄色い箱』ですね」

ヒューゴさんの言うように、元々青かったプラスチックカバーは変色して黄色になっている。

やっと見つけられたことが嬉しくて、自然と口元が綻《ほころ》んだ。

だが、お礼を言おうとして視線を上げたとき、不思議そうな顔で携帯を見つめるヒューゴさんの姿を見て血の気が引いた。

この世界の人にとっては、未知の素材でできた不思議な物体。それを慣れた手つきで使ってみせた私を、ヒューゴさんはどう思っただろう。

ここで『これは異世界の物で、私もその世界から来たんです』などと言ったら、頭がおかしいとしか思われないはずだ。

――だめ、絶対に言えない。

一人になってから試してみるべきだった。……自分の迂闊《うかつ》な行動が悔やまれ、携帯を握る手に力が入る。

「セイラ、大丈夫だ。それが何なのか俺にはわからないが、問い詰めるつもりはない」

私の様子から何かを察したようで、ヒューゴさんは子供をあやすように優しく頭を撫でてくれる。

「そうか、セイラの物だったか。なら、踏みつぶさなくてよかったよ」

冗談ぽく笑ったヒューゴさんに、私はお礼を言うことしかできなかった。


部屋に戻ったあと、携帯をそっとポケットから取り出す。懐かしい手触りを感じて、日本への、そして家族や恋人への思いが一気にこみ上げる。

――帰りたい!!

枕に顔を埋《うず》めて声を殺してひとしきり泣いたあと、ゆっくりと携帯を操作する。

久しぶりだというのに、違和感など全くない。そのことに、私はまだ地球の現代人なんだと安堵する。

微笑みながら、携帯に詰まった思い出――写真をめくる。

家族に、彼氏に、紗枝。車に新幹線、飛行機まで写っている。女子だけの飲み会で撮った変顔写真に、水族館の赤ちゃんペンギン。全てが懐かしく、愛《いと》おしかった。

そんな中、記憶にない写真を見つけて手を止めた。

……これ、なに？

そこに写っていたのは、仲良く寄り添う二人の男女。紗枝と……私の彼氏だ。友達同士というには親密すぎる雰囲気である。

嘘……浮気？　いつの写真よ……許せない！

どす黒い感情が、私の思考を乱す。

だが私が日本にいた頃、二人の間にそんな気配など全くなかった。そもそも本当に紗枝なのだろうか？　何しろ私と紗枝はよく似ているのだ。見間違えても不思議ではない。

そう自分に言い聞かせ、もう一度、祈るような気持ちで確認した。

――間違いない。これは紗枝だ。……だが、どこか違和感がある。

「あ！」

その違和感の正体に気付いて、思わず声を上げた。

「髪が、長い……」

それに拡大してよく見れば、顔も少し老《ふ》けて見える。

紗枝だけでなく彼氏の方も、髪に白いものが交じっていた。

「もしかして……これって未来の写真？」

慌《あわ》てて続きに目を通す。

「やっぱり。見覚えのない写真ばっかり……」

――私の部屋で、一人佇《たたず》む彼。

壁に掛かっている電子カレンダーは、私がこの世界に来た日のひと月後の日付になっていた。

――警察署らしき場所で、警察官と揉めている彼。

いつも穏やかだったのに、怒りを露《あら》わにしている。

――泣いている彼と、寄り添う紗枝。

紗枝も泣き腫《は》らした目をしている。二人のそばには、『世良家』と書かれたお墓がある。

次男である父が建てたもので、まだ誰も入っていないはずだ。けれど線香からは煙が立ち上り、花立には真新しいひまわりが飾られている。

ひまわり。私が一番好きだった花。きっと、私は死んだことにされたのだろう。日本の法律では、失踪《しっそう》して七年経つと死亡扱いになる。つまり向こうでは、それだけの年月が流れたということだ。

「私は死んでない……ここで生きてるよ。心配かけて……そして悲しませてごめん」

その思いを、伝えられる術《すべ》はない。だから彼らはきっと今も、私の身を案じてくれているのだろう。どこかで生きているかもしれないと……

私は、改めて二人が寄り添う写真を見る。先程までのどす黒い感情は消えており、「ありがとう、ごめんね」という心からの言葉が涙と共にこぼれ出る。

心配をかけた分、二人には幸せになってもらいたかった。

どうやらこちらの世界は、元いた世界とは時間の流れが違うらしい。帰る方法を見つけた頃には、浦島太郎のような状態になってしまうだろう。

……それでも私は、帰ることを諦めない。愛《いと》しい人たちは、皆日本にいるのだから。

そう思い、携帯を使って紗枝や家族に連絡を取ろうと試みたが、失敗に終わった。

私はがっかりした気持ちで電源を落とす。そして、黒い画面を眺めながら考えた。

今まで雨ざらしだったはずの携帯がまだ使用できること。いくら使っても充電が減らないこと。撮った覚えのない写真が存在すること。

全く、不思議なことだらけだ。

「ま、一番の不思議は『私がこの世界に来てしまったこと』だけど……」

なんて自嘲気味に言いながら、手の中にある携帯を愛おしげに撫でるのだった。

3　運命の出逢い

携帯が手元に戻ってきたものの、帰る手立ては見つからないまま、さらに一年が経過した。

日本への帰還を諦めてはいないが、ここでの暮らしにすっかり慣れてしまった。

「いらっしゃいませ。お泊まりですか、お食事ですか?」

カランッとドアベルを鳴らして入ってきた一人の男性を、愛想良く迎える。

フードの付いた外套《がいとう》を着ている。おそらく旅人だろう。三十歳くらいかな? 背がとても高い。

「宿泊したい。部屋は空いてるか?」

低い声でそう尋《たず》ねながら、フードをばさりと取り払う男性。

露《あら》わになった髪は、この国では珍しい金色だった。瞳もこれまた珍しい、深い蒼色《あおいろ》である。

とはいえこの宿には他国からも傭兵《ようへい》がたくさん泊まりにくるため、今さら金髪碧眼《へきがん》を見てもどうということはない。

気になったのは、その顔立ち。これまでに見たことがないほど整っているのだ。

だが意志の強そうな眉と鋭い瞳は、どこか野生の獣のような印象を与える。

「ありがとうございます。部屋は空いています。一泊二十デリ、お食事付きなら三十五デリになりますが」

私は内心の驚きを顔や態度には出さず、いつも通りの言葉を紡《つむ》ぐ。

「とりあえずこれだけ頼む」

男性は懐《ふところ》から革袋を取り出し、放ってよこした。

慌《あわ》てて受け止めると、ずっしりとした重みがある。

「少々お待ちください」

そう言って中を確認すると、きっちり千デリ入っていた。

持ち歩くには多すぎるように思われるその金額にギョッとしつつも、私は素早く計算する。

「食事なしなら五十日、食事付きなら二十八日程度ですが、どうなさいますか？」

男性は驚いた表情を浮かべたが、次の瞬間には私を見てニヤリと笑った。

「……食事付きだ。足りなくなったらまた払う」

「お部屋は二階です。先にお荷物を運んでおきますので、宿帳にお名前をご記入願います」

荷物を男性から受け取り、あとのことはジーナさんに任せて私は二階の角部屋へ向かった。

荷物をその部屋に入れたら、ついでに他の部屋の用事も済ましてしまう。階下に戻ったとき、すでに男性の姿はなかった。

開かれたままの宿帳を確認すると、男性のものらしき名前があった。

識字率の低いこの世界では自分の名前も書けない人が多く、ジーナさんが代筆している。だが、その字は明らかにジーナさんのものではなかった。つまり、男性が自分で書いたのだろう。

野性味溢《あふ》れる見た目に似合わない流麗《りゅうれい》な文字で『メル』とだけ記されていた。

意外とシンプルな名前。もっとこう『ジュリアス』とか『ジークフリート』みたいな派手な名前かと思っていた。

彼の姿を思い浮かべてみたら、そんな豪華な名前がよく似合う。あまりの似合いっぷりに、思わずクスクス笑ってしまう。

「何がおかしいんだ？」

すぐ後ろ、それも耳元で急に低い声がした。びっくりして振り返ると、件《くだん》の男性客が立っていた。

先程よりも軽装になっている。外套《がいとう》を着ていたときは気付かなかったが、とてもスタイルがいい。程よく筋肉がついた長い手足。小さい頭。典型的な日本人体型の私とは大違い。

口角が少し上がっているが、その瞳は鋭く、私を観察しているようだ。

とてもじゃないが『顔に似合わずシンプルな名前だと思って』なんて馬鹿正直に言えるはずもなく……

「いえ、思い出したことがあって」と言葉を濁《にご》し、愛想笑いをした。

一瞬の間を置いて、「そうか」と笑みを浮かべる男性。

その笑顔を見て、心臓が高鳴る。

長身で金髪碧眼《へきがん》のワイルドな美形で金払いもいいって、どこの王子様ですかー!?

この世界でなく、日本で出会っていたならば……とつくづく思ってしまう。

というのも、私はこの世界では恋愛しないと決めているのだ。

彼氏に操《みさお》を立てているわけではない。何せ彼には、紗枝という素敵な伴侶《はんりょ》ができたらしいのだから。今ではもう彼のことは、過去の人と割り切っている。

――私がこの世界で恋愛をしない理由。

それは、日本への帰還をまだ諦めていないからだ。

ここで暮らし始めて三年が経つものの、幸か不幸か愛を告白されたことはない。村の青年が私を憐《あわ》れんでか、アクセサリーをプレゼントしようとしてくれたことは何度かあった。だが、その程度だ。

そんなことを思い出しながら、男性に問いかける。

「メルさん、お食事になさいますか？　少し早いですが、今なら食堂もすいてますし」

早速、宿帳に書かれていた名前で呼んでみた。

「そうだな、頼む」

食堂へ案内すると、他のお客さんは一人もいなかった。

メルさんがゆっくりと椅子に腰掛けるのを見て、決まり文句を口にする。

「本日のおすすめは、お肉とお野菜の煮込みです」

宿に着いたばかりで喉《のど》が渇《かわ》いているだろうなと思い、水を出した。残念ながらこの世界に冷蔵庫はないため、常温だが。少しでも清涼感をもたせられればと考えて、レモンを入れている。

「まだ何も頼んでいないのだが？」

机に置かれたグラスを怪訝《けげん》そうに見てから、私に聞いてくるメルさん。

「ああ、この宿ではお水は無料でお出ししてるんですよ。到着されたばかりで喉が渇いているでしょう？　ビールで喉を潤《うるお》すってのも、捨てがたいですけどね」

私がそう言って笑うと、メルさんもつられたように笑った。

「ありがとう」

「いえ。あ、あとよろしければこちらもお使いください」

濡らしたおしぼりを渡す。これはハーブで香りを付けてあり、お客さんからも好評だ。

「で、ご注文はどうされます？」

メルさんは食事にそれほどこだわりがないようで、先程私が薦《すす》めたものをそのまま頼んだ。

すぐにでき上がった料理を「お待たせしました」と言ってテーブルに置く。

「薦めるだけあって、美味《うま》そうだ」

「この宿の名物料理です。見た目や匂いだけじゃなくて、味も美味《おい》しいですよ……って、なんですか？」

湯気の立つ料理を見ながら、私の方にコインを差し出しているメルさん。

「チップだが？」

「あー、いらないですよ？」

苦笑しながら断ると、メルさんの視線が料理から私に移った。

「いらない？」

「ええ。お客さんから、チップはいただいてませんので」

「……これだけのサービスをしておきながら、チップを断るのか？」

「サービスと言われても、全部普通のことですし……」

日本では、ごく当たり前に行われているサービス。それが海外では非常に高く評価されているということは知っていた。

もしかしたら、異世界でもそうなんじゃないか。そう思って私が提案したこれらのサービスは、見事に大当たりしたのだ。

近くの村の宿屋に泊まるくらいなら、サービスの良いこちらの方が……と、わざわざこの村に足を延ばしてくれるお客さんもいるほどだ。

もちろんジーナさんの人柄や、ヒューゴさんの料理もこの宿の売りなんだけど。

初めは「別料金を請求されるんじゃないか？」なんておっかなびっくりだったお客さ

ん も、今ではすっかり慣れてしまったようだ。だから、こういった反応は久しぶりだった。

「……そうか、当たり前か」

メルさんは小さく呟《つぶや》いたあと、突然クッと笑い出す。

「あのう……どうされましたか？」

少し戸惑う私をよそに、彼はひとしきり笑ったあと、ようやく口を開いた。

「すまない。なんでもないんだ。……よければ名を教えてくれないか？」

「名前ですか？　肉と野菜の煮込みとしか……。あえて他の言い方をするなら、シチューですかね？」

突然尋《たず》ねられて戸惑いながらもそう答えると、彼は眉を顰《ひそ》めた。

「料理の名前じゃない。君の名だ」

「えっ？　わ、私の名前ですか？」

まさか名前を聞かれるとは思っていなかったので、狼狽《うろた》えてしまう。

だが村人のみならず、店の常連客なら誰でも知っているので素直に答える。

「え、と……セイラです」

「セイラか、良い名だな。ありがとう、セイラ」

満足気に私の名を口にするメルさんに、「はあ」と返事をし、首を傾げながらその場を離れる。

そのとき、宿泊客の一人が二階から下りてきた。

「ああ、丁度良かった。セイラさん、チェックしてくれるかい？」

「それは構いませんけど……こんな時間にチェックアウトなさるんですか？」

まだ明るいが、もうじき日が暮れる。しかも戦《いくさ》が起ころうかという緊迫した時期だ。夜に出歩くのはおすすめできない。

「ああ。のっぴきならない事情でな」

「そうですか……お夕食は？」

「食べたかったんだが、時間がない。よりにもよって今日、煮込みの日かあ」

くんくんと匂いをかぐ彼。辺りにはメルさんの食事の匂いが漂《ただよ》っている。

「あー、良い匂いだな……」

しょんぼりする彼に、「ああ、そうだ！　ちょっとだけ待ってもらっても大丈夫ですか？」と言って、私は一度奥に入った。

「お待たせしました。煮込みには到底及びませんけど、これ、良かったら持って行ってください」

そう言って笑顔で差し出した物――それは、試作品のクッキーだった。

試作品といっても、ヒューゴさんとジーナさんにはすでに試食してもらっており、あとは小分けして宿泊客に配ろうと思っていた物。それを少し多めに袋に入れて持ってきたのだ。

「え、もらっちゃっていいのかい？」

「いいんですよ。お客さんに食べてもらおうと思って作ったんですから」

遠慮気味の宿泊客に、半《なか》ば押し付けるように渡す。

「ありがとうよ。セイラさんのお菓子は、いつ食べても美味《おい》しいけど、これは格別だろうな！」

「褒《ほ》めてもらっても、それ以上はあげませんからね」

彼があははと笑ったので、つられて私も笑う。

その後、精算を終えた宿泊客は「また来るな」と言い、笑顔で手を振りながら出て行った。

ふと背中に視線を感じ、振り返る。すると、メルさんが私を見ていた。

「どうかなさいました？」

そう尋《たず》ねたが、メルさんは答えなかった。

テーブルの上の料理は順調に減っているようだし、水もビールもまだグラスに残っている。

ま、用があれば呼んでくれるよね？　と思い、その場を離れた。

数十分後、「美味《うま》かった」とだけ言い残し、メルさんは二階への階段を上がっていった。

何だか機嫌が悪そうに見えたが、私は気にせずその背中に声をかける。

「おやすみなさい」

すると、階段の中程でふとメルさんの足が止まった。

まさかクレームか？　と構えたが、振り向いた彼の表情は想像していたものよりも柔らかい。

「セイラ、おやすみ」

フッと笑ったあと、機嫌が悪いように見えたのは気のせいかと思うほど軽い足取りで、階上へと消えていった。

そのたった一言で、胸が大いにざわつく。見つめられ、名を呼ばれただけで心臓が跳ねてしまったのだ。

気持ちを落ち着けようと、先程まで彼が座っていたテーブルを片付ける。

誰もが他人に興味のない都会とは違い、ここはとても狭い村社会。お互いを名前で呼ぶのが普通だ。だからさっき名を聞かれたのも、取り立てて意味のあることじゃない。

名前を呼ばれたくらいでいちいちときめいていたら、今年七十二歳になる村長にまでときめくことになるじゃない!!

それにメルさんみたいな素敵な男性が、私のように平凡な女を相手にするはずもない。

……なのに、何意識してんだか。無駄だって。

そう思いつつも、メルさんが消えた階上をつい見てしまうのだった。

だがすぐに、そんな呑気なことをしていられなくなる。夕飯どきになり、食堂が混み始めたのだ。

慌《あわ》ただしく仕事をこなし、終わったときには日付が変わろうかという時刻になっていた。

二階の部屋に戻る途中で、やっぱり角部屋を見てしまう。

無理やり視線を逸《そ》らし、寝ているお客さんの迷惑にならないよう、静かに自室の扉を開ける。

「きっとメルさんみたいに素敵な人には恋人の一人や二人……いや旅人だから、あちこちに現地妻がいたりして」

そんな風に思い込もうとするけれど、やっぱり気になってしまう。

名前を聞かれただけ。笑いかけられただけ。名前を呼ばれただけ。ただそれだけなのに……

……だめだめ！　恋愛しないって決めているでしょ！

自分を叱咤《しった》するけれど、動揺を抑えられない。

「明日からどうしよう。普通に話せるかな？」

どうやら、一目惚《ひとめぼ》れというやつらしい。

まるでティーンエイジャーに戻ったような、ソワソワと逸《はや》る気持ちを持て余しながら、私は眠れぬ夜を過ごしたのだった。


「今日もいないのかあ。どこに行ってるんだろ？」

はあー、とため息をつきながら、店の入り口を見る。

思いがけずメルさんに一目惚れしてしまった私だが、翌日からいきなり肩透《かたす》かしをくらってしまった。

メルさんは連日、早朝から深夜まで出かけているようなのだ。それが、もう八日も続いている。

「メルさんのバカ……アホ……おたんこナス」

年甲斐もなくぼそっと呟《つぶや》く。八つ当たりだ。

ちなみにこういったスラングは、日本語で呟いている。

誰かに聞かれても意味が通じないから、気持ちを吐き出すのに便利だったりするのだ。

「俺がどうかしたのか？」

突然声が聞こえ、「ヒィッ」と小さく声を上げて振り返ると、そこにはメルさんの姿があった。

なんか、前にもこんな状況があったような……なんでこんなに間が悪いのよ！

そう思ったが、そんなことはおくびにも出さず笑顔で答える。

「い、いいえ。どうもしませんよ？」

「俺の名を言っただろう？　だがそのあとが聞き取れなかった。何と言ってたんだ？」

……『異世界の言語で、あなたを罵《ののし》ってました』。なんて言えるわけがない。

何か上手くごまかせる手はないかと考えても、出てこない。

こういうときは、奥義《おうぎ》・質問に質問返し！

「いえ、あの、えーっと……あ、今日は珍しく早いお帰りですね。用事は終わりましたか？」

メルさんは器用に片眉だけを上げて『おや？』という表情を見せる。

おそらく強引に話題を変えたことに気付いたのだろう。それでも私の質問に答えてくれるあたり、優しい人だ。

「ああ。完全にとは言えないが、大体は片付いたな。明日からはようやくゆっくりできる」

「そうですか、じゃあ久しぶりに夕食もこちらで召し上がるんですね。今日はとても良いウサギのお肉が入りましたよ」

上手く話題を逸《そ》らせたようで良かったと安堵したとき、意地の悪い笑みを浮かべたメルさんと目が合った。

「ウサギか、楽しみだな。……で？」

「はい？」

「俺はセイラの質問に答えたが、セイラは俺の質問には答えてくれないのか？」

ええ!?　そこに戻っちゃうんですか？　意地悪な笑いの意味はこういうことか……メルさんって、もしかして性格悪い？　というか腹黒い？　安心させたあとに突き落とすとか、やめてください、ホントに！

文句はいくらでも出てくるが、ごまかす方法は一向に考えつかない。

わずかな希望を込めてメルさんを見上げるも、依然として意地悪な笑みを浮かべたまま。私が話すまでしつこく粘りそうだ。

結局、私は正直に謝ることにした。

「え、っとですね……メルさんの」

「俺の？」

「……薄情者、と言っておりました」

バカ・アホ・おたんこナスに相当するこちらの言葉が思いつかず『薄情者』と言ってみたものの、余計ひどかったかもしれない……

「ほお、薄情者ねえ。なぜそういうことになるのか、じっくり教えてもらいたいな」

目を細めてニヤリと笑うメルさんに、ひたすら謝る。

「すみません。すみません」

ペコペコと謝る私が面白かったのだろう、メルさんは今度は声を立てて笑った。

「いや、冗談だ。怒っていない。だが……」

「……だが？」

「薄情者と言っているようには聞こえなかったんだが、あの言葉は方言なのか？」

「いえ……あれは、私の生まれた国の言葉なんです」

少し迷ったが、本当のことを話す。

「生まれた国か。どんな言葉なんだ？　もう一度言ってみてくれないか？」

「え、っと、『バカ、アホ、おたんこナス』です」

「『バカアホオタンコナス』……長いな。それで一つの言葉なのか？」

「いえ、三つの単語です」

メルさんが一文字も間違えずに再現してみせたので、私は驚きを隠せない。よほど耳が良いのか、頭が良いのか……

「三つ？　全部が薄情者という意味なのか？」

「ええ、まあ。ニュアンスが違うだけで、同じような意味です」

「そうか。……それにしても発音が難しいな。聞いたことのない響きだ」

そう言って真面目な顔で『バカ』だの『アホ』だの呟《つぶや》いている。

どうしよう。私のせいでイケメンが、変な日本語を真面目な顔で練習してる……。複雑な思いで、それをただじっと見つめる。

何回かその言葉を繰り返していたメルさんは、とてもきれいな発音になったところでようやく練習をやめた。

「で、どうして俺は薄情者だと言うんだ？」

「う……すみません」

メルさんに会えなくて八つ当たりしてたなんて、絶対に言えない……。そんなことを口にしたら、恥ずかしさのあまり顔から火が出てしまいそうだ。

「まあ、言いたくないならいいさ。だが悪いと思ってるなら、明日一日、俺に付き合ってくれるか？」

黙り込んでしまった私を見て、メルさんはとても嬉しい罰を与えてくれた。

「は、はい！　あっ、でもジーナさんに聞いてからじゃないと……」

急な話だし、『店が忙しいからだめ』と言われるかもしれない。

「俺からも頼んでおく。ただこの村を案内して欲しいだけだ。取って食いやしない。そんなに不安そうな顔するなよ」

メルさんが苦笑しながら、私の頭をポンポンと優しく叩く。

三十路《みそじ》手前の私を子供扱い！　だめだ。この包容力は危険だ！　女の子は頭ポンポンに弱いんだよぅ。うぅ……

ドキドキと胸が高鳴るのを止められない。

デートだ……。これってデートって言ってもいいよね？

赤くなったり青くなったりしている私を見て、勘違いしたのだろう。

「別にさっきのことは怒ってない。むしろセイラを誘う口実ができてありがたいくらいだ」

メルさんは優しく笑うと、実に男らしく言い切ったのだった。

「案内すると言っても小さな村ですし、そんなに見るところはないんですけどね」

◇　◇　◇

翌日、私は約束通りメルさんにこの村を案内することになった。

人口は八十人くらい。特産品も観光地もない。あるのはセフィラードとの国境線代わりの山だけ。この山は険《けわ》しく、越えるのはとても難しいと言われている。これが今まで、二国の間で戦争が起こらなかった最大の理由らしい。

しかしブランシャール国王の死後、セフィラードの死神陛下がこちらの国土を虎視《こし》眈々《たんたん》と狙っているという噂《うわさ》がまことしやかに囁《ささや》かれるようになった。

万が一にもこの山から攻めて来られては大変だ、と村の男たちが数日おきに交代で見回っているのだ。

そんなわけで、ある意味、私の命の恩人は死神陛下である。セフィラードの侵攻の噂がなかったら、私は発見されずに野垂《のた》れ死んでいたかもしれないのだから。

だが助けられたあと、その噂は私にとってマイナスに働いた。突如現れた不審人物である私は、セフィラードの密偵《スパイ》ではないかと疑われたのだ。

しかし日常の力仕事さえまともにできないひ弱さが露呈するにつれ、人々の警戒はだんだんと薄れていった。

後日村人から笑い話として、「そもそも村にたどり着く前に死にかけるなんて、密偵にしては間抜けすぎると思っていたんだ」と聞かされたときには、苦笑いするしかなかった。

また密偵説の他にもう一つ、村人たちの間で囁かれていた説がある。

それは、貴族のお姫様説である。

マメひとつない柔らかな手。井戸も自分一人では満足に使えず、火も起こしたことがない。さらには言葉も通じない。絶対どこか異国の貴族の姫であるに違いない！と、村中が大騒ぎになったらしい。それを知ったときは、そんな柄《がら》じゃないのにと妙に恥ずかしくなった。

色々な噂が飛び交う村の中で私が平穏に暮らせていたのは、ジーナさん夫妻のおかげだ。私が傷つかないよう、二人が盾になってくれたのだろう。

本当にいい人たちに助けてもらった。つくづくそう思う。

今日だって、「ついにセイラにも春が来たのかい？」と大騒ぎしたあげく「丸一日休んでいいよ。上手くやりな」と、快《こころよ》く送り出してくれたのだ。

さらにはヒューゴさんが、「年頃なんだし、おしゃれしないとな」と言って、新しい服までプレゼントしてくれた。

年頃って……私、アラサーです。と心の中でツッコミを入れたのは秘密だ。

「どこか見てみたい場所はありますか？」

「そうだな、あの山の麓《ふもと》に行ってもいいか？」

「わかりました。でも何もない、ただの山ですよ？」

そんな話をしながら村を出て、山の麓へ向かう。

「近くに行っても、何も面白いものなんてないと思いますよ。まあ、私たち村人にとっては隣国の侵攻を防いでくれるありがたい山なんですけどね」

「……セフィラードが攻めてくるという噂《うわさ》があるのか？」

諸国を回るメルさんにとって、そういった話は気になるのだろう。

「あくまで噂ですけどね。本当のところはわかりません」

「そうか……」

私は会話が急に途切れたことを不審に思い、横に並ぶメルさんを見上げる。すると、真剣な表情で、前方にそびえ立つ山を見据《みす》えていた。

他者を寄せ付けない雰囲気があり、戸惑いを覚える。

「あの、メルさん？」

恐る恐る話しかけたときには、すでにいつものメルさんに戻っていた。

「すまない。少し考えごとをしていた」

フッと笑うその表情は、先程の姿は見間違いだったのだろうかと思えるほど柔らかい。

「いえ、少し雰囲気が違ったのでびっくりしました」

「俺だって真面目な顔をすることもあるさ」

肩をすくめ苦笑するメルさん。

「そうですよね……あ、メルさんはセフィラードに行かれたことがあるんですか？」

止まりそうになる会話を繋ぐべく、気になっていたことを口にする。

「あるが、どうしてだ？」

「さっき、セフィラードの話のすぐあとに考え込んでいたので、詳しいのかな、と」

「なるほどな。ある程度は知っているが、何か聞きたいことがあるのか？」

「以前お客さんが、『セフィラード王は残虐だ』って話していたんですが、本当なんですか？　そんな王様がこの山を越えて村に攻め入ってきたら……なんて考えると心配で」

怖くて誰にも聞けず、胸の内で燻《くすぶ》っていた不安を一息に吐き出す。

「残虐か。まあ、そんな噂もあるな」

「わっ、私たちって、そういう場合どうなるんでしょうか？　殺されちゃうんですか？　それとも、奴隷《どれい》……みたいな扱いになるんでしょうか」

最悪の想像をして、言葉がどんどん小さくなっていく。

「それは実際に戦《いくさ》が起こってみないと何とも言えないいんじゃないか？　残虐だというのはあくまで噂《うわさ》なんだろう？　噂なんてものは、面白おかしく脚色されるものだからな」

前を向いたまま、メルさんは淡々と正論を吐く。だが私が欲しいのは、そんな言葉ではなかった。

泣きそうになるのをグッと堪《こら》える。

確信なんてなくていいから、『大丈夫』という、その一言でよかったのに。

「一つだけ言えるのは、セフィラードが攻め入った先で民を虐殺《ぎゃくさつ》したとか、奴隷にしたとかいう話は聞いたことがないということだ」

メルさんは視線だけを私に向け、口の端を吊り上げる。

「本当ですか!?　でも噂では草一本生えないって……死神陛下が通ったあとは、ペンペン草一本生えないって！」

「おいおい。それじゃあセフィラードの民は生きていけないいじゃないか」

若干呆れ口調のメルさんに、「へ？」と間の抜けた返事をする私。

「知らないのか？　セフィラードは、その死神陛下が領土を拡げて今の大きさになったんだ。いずれ自国の領土となる土地を無駄に血で穢《けが》したり、民を虐《しいた》げても良いことなんて何もないだろう？　それにセフィラードの税は、ここよりも軽いはずだぞ」

「セフィラードの民は、飢《う》えて苦しんで――」

「ない。内戦の起こりそうなこの国よりも、遥かに豊かで平和だ」

私の言葉をはっきりと否定するメルさん。

「だから言ったろう、噂なんてそんなものだと」

メルさんの言葉は、私に希望を与えた。

それが本当なら、万が一セフィラード軍が攻めて来たとしても、この村で今まで通り生きていけるかもしれない。

「ってメルさん！　どうしてわからないなんて言ったんですか？　初めからそう言ってくれればよかったのに！」

安堵したあと、からかわれたことに気が付き、私は口を尖《とが》らせる。

メルさんは笑いながら謝罪してくるだろうと思っていた私の耳に届いたのは、意外な言葉だった。

「つまらないだろう？」

「は？」

――つまらない？　意味がわからなかった。

「見当はずれなことを想像して、泣きそうになっているセイラはたまらなく可愛かった。普段の笑顔もいいが、くるくると変わる表情は見ていて飽きない。それをすぐに終わらせてはつまらないからな」

「メ、メルさん……」

満面の笑みで、メルさんは信じられないことをのたまう。

「なんだ？」

「性格悪いって言われませんか？　あるいは捻《ひね》くれてるって」

頬を引きつらせながら精一杯の嫌味を口にした私に、メルさんは声を立てて笑う。

「陰でコソコソ言われることはあるが、面と向かって言われたのは初めてだな」

こんの性悪男《しょうわる》！　『ドS』という言葉が存在しないこの世界が憎い。

返す言葉も見つからず、私はただ呆れた笑いを浮かべるしかできなかった。

そんな会話をしながら山の近くを散策すること数十分。随分《ずいぶん》と見晴らしのいい高台に来た。

黄色い花や白い花が、風に揺られてサワサワと音を立てている。

花の香りを運んでくる爽《さわ》やかな風が、少し汗ばんだ身体に心地好い。

「メルさん、この辺りでお昼にしませんか？」

「昼？」

首を傾げたメルさんに、「ジャーン」と言いながら可愛いクロスで包んだお弁当箱を見せる。

「お弁当です。どこに行くかわかりませんでしたが、一応作ってきました」

「『作って』……セイラが作ったのか？」

私の手作り弁当を見て、驚きを隠せない様子のメルさん。切れ長の瞳が丸くなっている。

朝から頑張って作った甲斐があったというもの！

「さすがにヒューゴさんの料理には及びませんけど、お菓子なんかはなかなか美味《おい》しいと評判なんですよ」

「……そういえば、菓子を客に渡していたな」

「ああ、あのクッキーですね。そうなんです、毎回ではないんですけどね。時々クッキーやマフィンを焼いてお土産として渡してるんです」

常連客の中には、それを目当てに来る人もいるほどだ。

「弁当も渡すことがあるのか？」

「料理はヒューゴさんの仕事ですからね。私はお菓子専門です」

「そうか。なら弁当は俺が初めてということだな」

意味ありげに目を細めるメルさんに少しドキドキしながらも、「初めてって……」と呟《つぶや》く。

……本当は日本で彼氏に作ってあげたことがあるけど、わざわざ言う必要はないだろう。

「みっ、見晴らしも良いですし、この辺でどうですか？」

「ああ」

「じゃあ準備をしま……あれ？　持って来たと思うんだけどなあ……」

そう言いながら、自分のカバンをごそごそと漁《あさ》る。

「どうした？　忘れ物か？」

「ピクニックシートを持って来たはずなんですけど……」

朝お弁当を作ったとき、お茶とおしぼりと一緒に入れたはずなのだが、見つからない。入れ忘れたのだろうか。

「柔らかい草地だ、なくても別に構わないだろう……だが、服が汚れるか」

メルさんは着ていた上着を脱ぐと、躊躇《ちゅうちょ》することなく地面に広げる。

そして、その上着の上ではなく、横に腰を下ろした。

「どうした？」

「あの、」

「セイラはここに座ればいい」

そう言って、自分の上着を示すメルさん。

ハンカチくらいならまだしも、さすがに人様の上着に座るのは抵抗がある。

なかなか動かない私を見て、メルさんは「どうぞ、姫」と言って手を差し出した。

その表情は、いたずらっぽく輝いている。

「ひ、姫って……でも、ありがとうございます」

「いえいえ、姫のためならお安い御用です」

私を横に座らせ、気取ってお辞儀《じぎ》をしたメルさんを見て、自然と笑いがこぼれるのだった。


お姫様ごっこをしながらお弁当を食べたあと、最近の天候や、村人たちについての世間話をしながら村へ戻る。

時折発揮される腹黒ぶりにさえ目をつぶれば、メルさんはとても付き合いやすく、楽しい時間を過ごせた。特にお姫様扱いしてもらったランチタイムは、夢のようなひととときだった。

「いつも今日みたいな優しいメルさんだったらいいのに」

横に立つ彼には絶対に聞き取れないであろう声量で、ぼそりと漏らす。

元彼が草食系だった私にとって、肉食腹黒――時々ドS、たまに性悪《しょうわる》――はクセが強すぎる。

惚《ほ》れてしまった今となっては時すでに遅しだが、本来なら絶対に関わりたくない人物といえた。

そんな失礼なことを考えていると、何やらいつもより村が騒がしいことに気付く。

「あれ、どうしたのかな。喧嘩《けんか》？」

「さあな」

何だろうと思いつつ、とりあえず騒ぎの方へ向かう。他の村人たちも集まっているようだ。

「なんだと⁉　てめえ、もう一度言ってみやがれ！」

「何度でも言えるさ！　お前みたいなやつ、どこでも厄介者に決まってんだろ！」

「こいつ、殺してやる！」

酒場の店先で、二人の男が言い争っている。見たところ、二人とも傭兵《ようへい》だ。近くに立っている村のおじさんに急いで駆《か》け寄る。

「おじさん、これどうしたの？」

「あぁ、セイラちゃんか。これ以上近づくんじゃないぞ。二人とも剣を持っている。万が一にも巻き込まれたら危ないからね」

おじさんは私の心配をしながら、事情をかいつまんで話してくれた。

「酒場で言い争いになったみたいだが、お互いが一歩も引かずこのざまだ。酒場はやつらのせいでめちゃくちゃさ。店主《おやじ》も巻き込まれて怪我しちまうし。……でも剣を持ってる傭兵なんぞ誰も止められねえだろ？　で、こうして見てるしかないってわけだ」

「怪我？」

「ああ、店をこれ以上壊されちゃたまんねえって二人を追い出したときに、拳《こぶし》でガツンとやられてな。ま、軽い傷で済んで良かったよ」

おじさんに「ありがとう」とお礼を言い、メルさんにも事情を説明する。

メルさんは、腰に提げた剣の柄《つか》を握っていた。

村人には止めることのできない傭兵同士の喧嘩を、彼なら止められるのでは？

旅人は山賊や野生動物に襲われたとき、自分自身で対処しなければならない。だから、そこそこ腕の立つ人しかなれないのだ。

そう思ったのだが、メルさんに割って入る気はないようだった。

「いい加減にしないか！」

酒場の店主が、頭に包帯を巻いた痛々しい格好で店の中から出てくる。

「迷惑なんだよ！　よそでやってくれ！　村から出て行ってくれ！」

殴られたことで、頭に血が上ったのだろう、剣を持った二人に食ってかかる店主。

その様子を、私も村人たちも心配そうに見守ることしかできなかった。

「てめえ、まだ文句あんのか!?　おらっ」

一人の傭兵《ようへい》が店主に向き直り、剣を抜こうと柄《つか》に手をかける。

そのとき、ヒュッと風が走り抜けた。

ガキンッという金属同士のぶつかる鈍い音が二度。そのあと何か重いものが地面に落ちる音がした。

あまりに一瞬の出来事だったので、何が起こったのかわからなかった。

ぱちぱちと瞬《まばた》きをする私の目に映ったのは、そばにいたはずのメルさんが、剣を抜こうとしていた傭兵の眼前に自分の剣を突きつけている姿だった。

相手の剣は、少し離れた地面に落ちている。

視界の端で、もう一人の傭兵がメルさんに向かってじりじりと間合いを詰めているのをとらえた。

しかしメルさんはその傭兵に背を向けているので、気付いてないかもしれない。

「メルさっ――」

傭兵は私の呼びかけよりも早く動いたが、メルさんは後ろに目でもついているのかというぐらい素早く反応し、鮮やかな蹴りをお見舞いする。長い脚を生かして相手の首を刈るようにして傭兵を地面に沈めると、その首元を踏みつけて自由を奪う。

もちろん剣の切っ先は、もう一人の傭兵に向けたままだ。

「こんな身勝手なやつらは、斬ってしまうのが一番なんだがな、どうする？」

メルさんの抑揚《よくよう》のない声が、静まり返る村に響く。

すると、村長がすっと前に出た。

「メル殿、と仰《おつしや》るのかな？　助かりました。まずはお礼を言わせていただきましょう。あなたが止めてくださらなかったら、あやうく死人が出るところでした」

そういって、村長は静かに頭を下げた。

「しかし斬って捨てるのはやめていただきたい。それではメル殿を拘束しなければならなくなるゆえ。我々は、法に従うのみ。この者は王都に突き出そうと思います。我々だけでは、捕縛するにも多大な犠牲を払うことになったでしょうな。改めてお礼を申しますぞ」

年老いているので声こそ少ししゃがれてはいるが、はっきりとした口調で言い切る村長。

「そうか、なら縄できつく縛っておくことだな。また暴れられたらかなわん」

「くそっ。なんなんだよ。お前！　旅人風情が傭兵《ようへい》の喧嘩《けんか》にしゃしゃり出てくんじゃねーよ！」

メルさんを睨《にら》みつけながら、剣を突き付けられている方の傭兵が怒りだす。

だがその切っ先が喉《のど》にグッと押し当てられると、彼は青褪《あおざ》めて口をつぐんだ。

よく磨《みが》かれた白銀《はくぎん》の切っ先は傭兵の喉《のど》にプツリと穴を開け、少量の血が流れた。

「黙れ。耳障りな声を出すな」

メルさんの恐ろしさを間近で感じたであろう傭兵は、ピタリと黙った。

大人しくなった二人の傭兵は村の男たちに縄を打たれ、連行されていく。

この一件でメルさんは村人たちから感謝され、一目置かれるようになったのだった。

◇◇◇

「メルさん、毎日毎日……飽きないですか？」

「いや、面白い」

「そうですか……」

私はあの日以来、毎日メルさんと一緒に過ごしている。

といっても色っぽいことがあるわけではなく、話し相手になったり、一緒に食事をしたりしているだけだけど。

なぜこんなことになっているのか？　簡単にいえば、『お礼』である。

「村人を救っていただいたお礼として、何か我々にできることはないでしょうか」

感謝の意を述べたあと、メルさんにそう尋《たず》ねた村長。きっと謝礼金でも渡そうと思っていたのだろう。

だがメルさんの返事は、誰もが予想だにしないものだった。

「滞在中、彼女の時間をもらってもいいか？　なに、ひと月もふた月も拘束するつもりはない」

そう答えたメルさんは、村長ではなく、私をひたと見据《みす》えていた。

私としては、これまた願ってもないことだった。短い間とはいえ、メルさんと一緒に過ごせるなんて嬉しい。だが宿の仕事を放り出すわけにもいかないので、「時々なら」と返事をした。

ジーナさんは「いいよいいよ！　店のことなんて気にせず行っておいで」と生暖《なまあたた》かい目を向け、しょっちゅう休みをくれようとする。

約束のない日でも、メルさんは「暇だ」と言って会いに来る。そして仕事をする私の傍《かたわ》らに腰掛け、ただじっと見ているのだった。

――見られてる……すっごい気になるんですけど……

とはいえ、ただ見ているだけで話しかけてこないメルさんに邪魔をするなとも言えず、視線を感じながら仕事をこなす日々。

夜になると、私は一人で帳簿をつける。この数年、毎日していることだ。会社でも似たようなことをしていた私には慣れた作業。

しかし、そばでじっと見られていては正直気が散る。

「あっ、あんまり見ないでくださいねっ」

メルさんが斜め後ろから覗《のぞ》き込んできたので、私は慌《あわ》てて帳簿を隠した。

時折ふわりと香るメルさんの匂い——少し甘い、けれど爽《さわ》やかな香りは、とてもメルさんに似合っている。

——香水かな？　良い匂い。

そんなことを考えていたとき、その香りが空気と共にフワリと動いた。

「髪を耳にかけた方が、文字が見やすいんじゃないか？」

そう言って、メルさんが私の顔周りの髪の毛を耳にかけてくれる。

耳に、頬に、微《かす》かに触れる彼の指先。

「……耳朶《みみたぶ》に穴が開いているが、ピアスをしていたのか？」

「何年か前まではしてましたけど、ここ数年はしていないですよ。もう穴も塞《ふさ》がっているかもしれませんね」

こちらの世界にも、ピアスや指輪などの装飾品は存在する。特にピアスはしている人がとても多く、ジーナさんやヒューゴさんも付けている。

数えたことはないが、おそらく村人の六割程度が付けているのではないだろうか。

私はこちらの世界に来たとき就寝中だったこともあり、アクセサリーの類《たぐい》は一切していなかった。

何度か村の人に「買ってやろうか」と言われたが、もらう理由がないので断った。

「そのうち気に入ったのを見つけたら買おうと、お金を貯めてはいるんですけどね」

「……俺が、贈りたいと言ったらどうする？」

「えー、いいですよ！　そんなの悪いですし」

口ではそう言いながらも、いずれこの村を去るメルさんの思い出として、ほんの少し欲しい気もする。

――アクセサリーといえば、日本では恋人へのプレゼントの定番だし……

「ちょっと、欲しい気もしますけど……」

冗談ぽく笑いながら言ってみたが、メルさんからの返事はない。

図々《ずうずう》しかったかな？　と、少し恥ずかしくなる。

そんな気持ちをごまかすように、帳簿付けに没頭した。

「セイラは本当に興味深いな」

なんとか気持ちが落ち着き始めた頃、唐突にメルさんが口を開いた。

「え？　何がですか？」

なんで突然そんなことを言い出したのかわからない。

だが、特に呆れてはいないようだ。

「確か異国の出だったか。そのせいでこの大陸の常識には詳しくないのだろう？　だが

しい。

メルさんは笑いながら、帳簿を指差す。どうやら中身をばっちり見られてしまったら

「私の生まれた国はここから遥かに遠いところなんですけど、そこではこういった計算などを日常的に学んでいるんです。だから、そんなに特別なことではないんですけどね」

ここに来て三年になるが、異世界から来たということは誰にも話していなかった――ジーナさんたちにさえ。

言ったところで頭がおかしいと思われるか、嘘つきと思われるだけだろう。

得るものもなさそうだと判断した。魔法や竜などが存在しないこの世界で、『異世界へ戻る方法がある』などという奇跡は期待できない。

それならば、危険を冒《おか》してまで話そうとは思わない。

「こちらの習慣なんて、まだ覚えきれてないこともたくさんあるんですよ」

「なるほどな。ところで遥かに遠いところとは、どの辺りなんだ？」

「そうですね。……ここにたどり着いたのが奇跡と思えるくらい、遠い、遠いところです。帰るのは、たぶん無理でしょう」

窓から射し込む月明かりに誘われるように立ち上がった私は、夜空を見つめる。

明かりの少ない村の上空には、満天の星。その一つが流れた。

——もしも願いが叶うならば、せめてこの思いだけでも親しかった人たちに届けて欲しい。

そう思いながら、瞳を閉じた。

「そうか、悪いことを聞いたな」

私の気持ちを感じ取ったのか、メルさんは少しばつが悪そうにする。

「いえ、いいんです。帰りたいと願ってはいるんですが、諦めもついてきたんです。ジーナさんやヒューゴさんのいるここが、私の居場所です」

「そこに、俺は加えてもらえないのか？」

まだ外を向いたままだった私はその言葉に驚いて、メルさんを振り返った。だが、想像していたよりも真剣な彼の眼差しを前に、何も言葉が出てこない。

無言のまま、しばしメルさんと見つめ合う。

「あなたが好き」という言葉が喉《のど》から出かかったが、強引に呑み込む。

「……そうですね、メルさんも大切な……友人です」

たとえ愛していても、その想いを伝えることはできない。

——彼は旅人。いずれこの地を去る人だ。

メルさんが私に多少なりとも好意をもってくれていることには気付いていた。

そこまで鈍感ではない。ただどこまで本気なのか、それがわからない。

彼は一夜の恋を望んでいるのだろうか？　それでも、彼の好意を受け入れられるか？

いくら考えても答えは出ない。

……それに、私は恋をしてもいいのだろうか。日本に帰ったときのことを考えて、恋人は作らないと決めていたのに……

メルさんと知り合ってたったひと月。それなのに、私の心はこんなにも揺れ動いている。

戸惑ったままメルさんを見上げると、彼はまだ私を見つめていた。

「今は、それで我慢しよう」

メルさんは優しく笑うと、耳にかけていた私の髪を元に戻す。

「すまない、少し出かけてくる」

「え……こんな時間にですか？」

もう夜、それも深夜と言っていい時間だ。

「明日にしたら――」

「とても大切な用事を思い出したんだ。良い子にしているんだぞ」

そう言って指先で弄《もてあそ》んでいた私の髪にそっと口づけすると、甘い匂いと雰囲気だけを残し、彼は宿から出て行った。

残された私は、自分の頬を両手で覆う。鏡を見るまでもなく、真っ赤に違いない。

あんな仕草を、素面《しらふ》で照れもなくする人を初めて見た。しかも似合っているから性質《たち》が悪い。

動揺したまま、帳簿付けを再開する。だが気付けば一行飛ばしていたり、桁が一つ多かったりと、まともにできなかった。

翌日の深夜、ようやく宿に戻ってきたメルさんは「ただいま」と一声かけただけで、素っ気なく部屋へ上がってしまう。

結局、あの甘い雰囲気はなんだったのだろう？　私は悶々《もんもん》として、眠れない夜を過ごしたのだった。

4　突然の別れ

翌日以降、あの夜の事など忘れたかのように以前と変わらぬ態度で接してくるメルさんに、私はもやもやさせられた。

そのうち聞いてみよう。そう思っていた私だったが、唐突にメルさんから村を出ていくと聞かされ、横《よこ》っ面《つら》を叩かれたような気分になった。

それはメルさんがこの宿に来て、三十二日目のことだった。

メルさんが前払いしていたのは二十八日分の宿泊料金だったし、最初からそのくらいの日数しか滞在するつもりはなかったのだろう。だがあんなことがあっただけに、もうしばらく滞在してくれるものと思い込んでいた。

村を発つなら私には前もって教えてくれるはずだと、心のどこかで自惚《うぬぼ》れてもいたのだ。

自分がメルさんの思いをやんわり拒絶したことを棚に上げて……

――あんまり好きにならないように、気を付けていたはずだったのに。

宿泊代の精算をしているメルさんの背中を見つめながら、私はただ立ち尽くす。

「食事をとらない日も多かったからねえ、少しおまけしとくよ」

ジーナさんの陽気な声を聞きながら、胸には苦い思いが広がっていた。

いずれは別れが来るとわかっていたが、早すぎる。心の準備など、全くできていなかった。

「世話になったな」

いつもと変わらない口調でジーナさんに告げると、メルさんは荷物を手に歩き始める。

私は顔を合わせるのが辛くて、急いで宿の外に出た。

「セイラちゃんも、外まで見送りかい？」

「メルさんと一番仲良しだったもんねえ」

村の人たちが、そう声をかけてくる。

傭兵《ようへい》の一件以来、村人から絶大な信頼を得たメルさん。その彼が今日発つことを知った人々は、総出で見送ることにしたらしい。

宿の入り口で立ち止まっている間に、メルさんが店から出てきてしまう。

私は慌《あわ》てて村人の輪の中に紛《まぎ》れて身を隠した。

「メル殿、あの一件では本当に世話になりましたな。大したお礼もできませんでしたが、また立ち寄ってくだされ。いつでも歓迎いたしますぞ」

「ああ、世話になった。また来よう」

村を代表して声をかけた村長と、向き合うメルさん。その姿は初めて見たときと同じ、旅装だった。

——行ってしまうの？　メルさん。あの言葉は何だったの？

切なさだけが募ってゆく。とても笑顔では送り出せそうにない。こみ上げる涙で視界がぼやける。

皆が二人に注目している今なら、抜け出せるだろう。

私はスッと背を向けその場を離れようとしたが、誰かに左腕をつかまれた。

「……メルさん」

私の左腕をつかんだのは、やはりメルさんだった。

「冷たいな。挨拶《あいさつ》もさせてくれないのか？」

「だってメルさん、行ってしまうんでしょ？」

「そうだな」

「ずっとここにいてってお願いしても、だめなんでしょ？」

「ここに、か……。今すぐは無理だな。いつかなら可能かもしれないが」

「いつかっていつよ！　五年後？　十年後？　じゃあどうして、あんな思わせぶりなことを言ったの？　私をからかったの？」

溢《あふ》れそうになる涙を必死に堪《こら》えて尋《たず》ねる。

日本に帰りたいという思いは、メルさんが村を出ると聞いたときに消えてしまった。

今はメルさんの事しか考えられない。

「違う。そんなつもりはなかった。俺は本気だ」

そう言いながら、メルさんは黒い外套《がいとう》の懐《ふところ》に手を入れ、何かを取り出す。

「これを、もらってくれないか？」

メルさんの手の中にあったのは、一対のピアスだった。

「ピアス？　これを私に？」

「ああ、これをセイラに。言っただろう？　ピアスを贈ろうと。あのときの言葉は嘘ではない。これで信じてくれるか？」

私はピアスを受け取り、そっと触れてみる。

「綺麗」

メルさんの瞳と同じ、とても深い蒼色《あおいろ》の石。まるで海の底のよう。

石は陽の光を反射し、キラキラと輝いていた。

「いいんですか？　もらっても。私、何も返せる物がありませんよ？」

そう言って見上げると、メルさんはとても柔らかい笑みを浮かべていた。

私を見つめる目が、とても優しい。

「ああ、構わない。今付けてもいいか？」

言いながら、メルさんは私の耳朶《みみたぶ》を触る。低く艶《つや》のある声に、ドキドキした。

メルさんは、私が何も言わないでいるのを了承とみなしたのか、耳朶にピアスを付けていく。

長い間放っておかれ、少し閉じかけていたピアスホールに一瞬痛みが走る。だが幸せで温かな感情が胸を満たす今、そんなことは気にならない。

むしろ甘い痛みは、現実感をもたらしてくれる。

「よく似合う」

メルさんは軽くかがむと、私のこめかみにキスをした。

「何か、高そうですけど……いいんでしょうか」

見たことがないほど綺麗なロイヤルブルーの宝石。石自体の大きさだってピアスにしては、かなり大きい。

スクエア型にカットされた石に蔦《つた》が絡むような、細かい装飾が施《ほどこ》されている。

一目見て、高価だとわかった。

「ああ、構わない。でも申し訳なく思うのなら……そうだな、俺にもピアスをくれないか？　それならおあいこだろう？」

「えっ……」

「俺もセイラの瞳と同じ、黒い色の石がいいな」

「わ、わかりました。次に会うときまでに用意しておきますね」

会いに来てくれる。いつになるかわからないが、次の約束ができて嬉しかった。

「楽しみにしている。必ず受け取りに来るからな」

「はい、絶対ですよ。きちんともらいに来てくださいね。約束ですからね」

ついつい念を押してしまう。絶対に、またメルさんに会いたい。

笑いながら見つめ合っていたら、ハッとした。二人っきりではないことを忘れていたのだ。

慌《あわ》ててメルさんから距離をとる。

恐る恐る周りを見ると、大勢の村人が私たちに注目していた。

誰一人声を出すことはなかったが、その反応は様々だ。

若者たちの多くは、興味津々な様子で見ている。だが中にはなぜか肩を落とす者や、悔しがる者もいた。

中年の人たちは、生暖《なまあたた》かい目をして微笑んでいる。

老人たちは、どこか懐かしむような表情で頷《うなず》いている。

そして宿屋の入り口からこちらを窺《うかが》っているジーナさん夫妻は、私と目が合うと親指を立てた。

……ラブシーンを見られた。しかも痴話喧嘩《ちわげんか》まで。もうだめ……恥ずかしすぎる！

人前でキスやハグをする習慣のない、日本生まれの日本育ちである私。

これだけの人――しかも知り合いばかりに見られてしまった。あまりのショックで青くなり、次いで恥ずかしさで真っ赤になる。

「どうした？」

顔色をコロコロ変える私を心配してくれるメルさん。

彼は鋼《はがね》の心でも持っているのだろうか、全く気にしていないようだ。

「いえ、恥ずかしくて……」

「何が恥ずかしいんだ？　皆祝福してくれてるようだから、いいじゃないか」

朗《ほが》らかに笑うメルさんに、あなたはこれから旅立ちますけど、私は一人ここに残されるんですよ!!　と言ってやりたかった。

だがメルさんの言う通り、村の人たちはおおむね祝福してくれているようだ。先程まで一言も発していなかった人々が、「よかったねぇ」「黒石のピアスだな、あとで店から持ってきてやるよ」「メルさんったらやるねぇ」「セイラは面食いだったんだな」などと、口々に話し始める。

お祝いムードが盛り上がってきたが、メルさんをいつまでも引き留めるわけにはいかず、皆で送り出す。

「メル殿、あなたはもう村の一員じゃ。いつでも戻ってきてくだされ。きっとですぞ。セイラも待っておりますからの」

メルさんの馬を預かっていた村人が、メルさんの愛馬を引いてくる。

私には馬の善《よ》し悪《あ》しはわからないが、とても綺麗な馬だった。艶《つや》やかな漆黒《しっこく》の毛をもち、賢そうな目をしている。

メルさんをよろしくね、と心の中で話しかけた。

「それでは世話になった。セイラ、必ず迎えに来るからな。いい子にしていろよ」

メルさんはそう言って私の頬に軽くキスすると、ヒラリと馬に跨《また》がった。

金色の髪が風に揺れ、深い蒼色《あおいろ》の瞳は力強く前を見据《みす》えている。

馬を駆《か》るメルさんの姿は、まるで一枚の絵のようだった。

5　ピアスの意味

メルさんが旅立ってから一時間が経った頃、私は自分の部屋にいた。一人、耳に付けられたばかりのピアスを触る。

――メルさんは『会いに』ではなく『迎えに』来てくれるって言ってた……

悲しみから始まり、歓喜や戸惑い、果ては羞恥《しゅうち》と、ジェットコースターのように目まぐるしく変化した感情。そのせいで何だか現実味がなく、先程の出来事は夢だったのではないかとも思う。

しかし私の耳には、確かにピアスが付いていた。フゥーッと大きく安堵の息を吐く。

嬉しい……でも失くしちゃわないか心配だな。

日本にいたときは、よくピアスを失くしたものだ。失くしたピアスが見つかったことは、一度としてない。

どこかに仕舞っておいて、寂しくなったら取り出して眺めよう。うん、それが良い。

そう思い、私はピアスを外そうとする。

あれ？　上手く外れないなぁ。何かコツがいるのかな？

耳朶《みみたぶ》の裏側なので、鏡を覗《のぞ》き込んでも見えない。

四苦八苦していたら、コンコンというノック音がした。

「セイラ、入ってもいいかい？」

返事をすると、満面の笑みを浮かべたジーナさんが入ってきた。

「これがいるんじゃないかと思ってね」

そう言うジーナさんの手には、くしと髪紐《かみひも》が握られている。

「せっかくのピアスだ。見せないとねぇ」

ジーナさんは私を鏡台の前に座らせると、くしで優しく髪を梳《す》き始めた。

「まさか、セイラがあんなに面食いだったなんて。知らなかったよ」

「べっ、別に顔だけでメルさんに惹《ひ》かれたんじゃないですよ！」

……確かに初めはそうだったけど、今は違うと言い切れる。

「わかってるよ。そりゃあ、村の子たちがいくら誘いをかけても、靡《なび》かないはずだねぇ」

頷《うなず》きながらしみじみとジーナさんは言う。だが、他の人に誘われたことなど一度もない。村の男性陣の名誉のためにも、ここはきっちり否定しておかなければ。

「村の人に誘われたことなんてないですよ」

「おや？　気付いてなかったのかい？　私が知っているだけでも、三人から交際を申し込まれたはずだよ？」

……全く身に覚えがありません。

まだ言葉があまりわからないときに申し込まれてたとか、そういうオチじゃないよね？

私の戸惑いをよそに、ジーナさんは慣れた手つきで私の髪をまとめていく。

日本にいたときより、だいぶ伸びた髪。向こうでは少し茶色く染めていたが、今では自然な髪色になっている。

それが、こちらに来てからの年月を物語っていた。

「よしっ、可愛い。別嬪《べっぴん》さんだよ」

ジーナさんの声につられるように鏡を見ると、髪が複雑な形に編み込まれていた。

下ろしていた髪を上げたことで、メルさんからもらったピアスがよく見える。

別れたばかりだというのに、メルさんの瞳を思わせるそれを見て、少し寂しくなった。

「それにしても、見事なモノだねぇ……」

私の耳元で輝きを放つピアスを見つめ、ジーナさんがしみじみと言う。

「これに対するお返しが、私が買える程度の黒のピアスで、本当に良いんですかねぇ……」

「なあに、金額じゃないよ。それにメルさんは金髪だから、黒いピアスはよく映《は》えるだろうよ」

メルさんが耳に黒いピアスを付けた姿を想像するだけで、ものすごく照れる。

それをごまかすために、慌《あわ》ててピアスの外し方を聞いた。

「ジーナさん、これってどうやったら外せるんですか？　何か取れないんですよね」

「セイラ、外したいなんてどういうつもりだい!?　メルさんのことが嫌いなのかい!?」

「いえ、そういうわけじゃないんですけど……」

失くしたら嫌だから、と説明しようとしたが、ジーナさんに遮《さえぎ》られる。

「だったら、そんなこと言っちゃいけないよ！　普通、一度付けたら外さないもんなんだからね」

「え、そうなんですか？」

そう言えば、ジーナさんもヒューゴさんも、ずっと同じピアスだ。違う物を付けているのは見たことがない。単にお気に入りなだけかと思っていたけど……

「当たり前だろう？　まあ、外すにしても教会に行かないと外せないよ」

「教会、ですか？」

「村にもあるだろう？」

確かに、小さいが教会らしき建物がある。教会といっても礼拝などは行われておらず、主に集会所として使われているようだ。

中には木製の長椅子が円形に並んでいて、中央に一台の講壇《こうだん》がある。十字架ではなく、何やら花を象《かたど》った紋章《レリーフ》が刻まれていたはずだが……

――教会って、まさかよね？

敬虔《けいけん》なクリスチャンでもない私が、教会と聞いて連想すること。それはたった一つ。

「あの、何かこれに意味ってあるんでしょうか？」

ピアスを指差し、恐る恐る尋《たず》ねる。

——そして私は、衝撃の事実を聞かされた。

とてつもなく大きな爆弾を私に投げつけたジーナさんは、ヒューゴさんに呼ばれ、「よく似合ってるよ」と言ってウインクしながら一階に下りていった。

一人になった私は、今聞かされた事実を何とか理解しようと努力する。

「……マジ？」

鏡に映るコバルトブルーのピアスを呆然と見つめながら呟《つぶや》く。

こちらの世界において、ピアスはとても重要な意味をもっていたのだ。

日本人に一番わかりやすい説明をするなら、ズバリ結婚指輪。

「何？　この微妙なズレ……指輪なら私にだってピンときたけど、ピアスって!!」

とはいえ、まだ正式に結婚したわけではなかった。

ジーナさんの説明によれば、私とメルさんは婚約したことになるらしい。

——男性が女性に、自分の瞳と同じ色のピアスを贈る。

それは結婚や交際の申し込みなのだという。「受け取ってくれ」と言って渡せば交際の申し込みを、「付けてくれ」と言って渡せば結婚の申し込みを意味する。

女性が了承する場合は、そのままピアスを受け取る。受け取るだけならば、あとで返却して別れることも可能だ。

耳に付けたら、婚約が成立する。

その後、女性が男性に自分の瞳と同じ色のピアスを贈ることで、正式な夫婦となる。

……村人たちが生暖《なまあたた》かい視線を送っていたのは、こういうわけだったのか。

メルさんのことは嫌いではない。むしろ大好きだ。

でも告白らしい告白もないまま婚約してしまったとなると、少々複雑な心境だった。

しかもこの世界において結婚とはとても神聖なもので、離婚することはほぼないという。

そのため男も女も、ピアスを相手に送るのは、かなりの覚悟がいるらしいのだ。

それらの説明を聞いたあと、「村の人からの誘いを断った」というジーナさんの言葉の意味がようやく理解できた。確かに数名の青年から、「ピアスをプレゼントしてやろうか」と言われたことがある。

あのときはピアスにそんな意味があるとは知らなかったので、普通に断ってしまった。

――無知って恐ろしい……。軽くあしらってしまったことを彼らに謝りたい。でも今さら謝りに行っても、傷を抉《えぐ》るだけかな?

あまつさえ彼らの目の前で、メルさんとあんな場面を繰り広げてしまった。本当に申し訳なく思う。

メルさんが去ったあと、雑貨屋の主人が私を呼び止め、黒色の石のついたピアスをいくつも広げて見せてくれた。

それを女の子たちとキャッキャ言いながら選んでいたのだから……。傷口に塩を擦り込んだようなものである。

事情を知っていれば、もう少し気を使ったのだが……異世界人であることを言っていない以上、説明してくれなかったメルさんを恨むわけにもいかない。

私はポケットから、四角い箱に入った黒色のピアスを取り出して見つめる。

婚約したことを後悔はしていない。ただ結婚するとなると、『本当にいいの？』と思ってしまう。

この世界の人と結婚するということは、自分の意思で『帰らない』と決めることに等しい。

将来できるだろう子供や夫を置き去りにして、元の世界には帰れないからだ。

もしも結婚したあとに日本へ帰る方法が見つかったら、私はこちらの世界で笑っていられるだろうか？

いくら考えても、答えは出ない。何もかも想像の域を出ないのだ。

でも、メルさんに求婚《プロポーズ》されたことは事実。いずれは答えを出さなければならない。

そして困ったことに、メルさんからのプロポーズを嬉しいと感じているからこそ悩ましいのだった。

まあ今日村を発ったばかりのメルさんが、こちらに戻るのはしばらく先のこと。長閑《のどか》な村だし時間だけはたっぷりあるのだから、と思い、ピアスの箱を引き出しに仕舞うのだった。

6　不安な日々

メルさんがこの村を発ってから、ひと月近くになる。

あれから私はずっと、メルさんとの結婚について考えていた。

日本へ帰れたとしても、メルさんのいない世界になど耐えられない。二度とメルさんに会えなくてもいいほど、日本が恋しいかと考えたとき、答えはＮＯだった。

携帯の写真で気付かされた、こちらとは異なる時間《とき》の流れ。

こちらで二年を過ごしたとき、あちらでは少なくとも七年経っていた。十年後に帰れたとしても、あちらでは三十五年。二十年後なら、七十年経っているかもしれないのだ。かつて愛した者たちがいない、孤独な世界。そんなところに、帰りたいとは思えなかった。

そう結論を出した私は、公開プロポーズのことを皆に揶揄《やゆ》されながらも、毎日楽しく過ごしている。

また、結婚するという覚悟は、私にやる気を起こさせた。

今までのような『帰れないから仕方なくこの世界で生きていく』という考えから、『この世界で生きていきたい』という考えに変わったためだろう。

この村で暮らし始めてから、私は以前に比べて何事にも消極的になっていた。

村の外に出なかったのも、その表れ。この村よりも遥かに栄えている王都に行ってみたいという気持ちはあったが、実行しようとはしなかった。

――なぜなら、こちらの世界とあちらの世界を繋いでいるかもしれないこの土地から、離れたくなかったからだ。

でも今は、結婚して生まれてくるかもしれない子供のためにも、少しでもいい環境を探したい。

争いがなく、食べ物にも困らず、良質な教育を施《ほどこ》せる環境。

そんな土地を探してメルさんと一緒に旅をしてみるのもいいな……旅人のメルさんなら、色々なところを知ってそうだし。

気が早いが、結婚生活を想像して顔がニヤけてしまう。

一旦彼のことを考え出すと、会いたくて仕方ない。

電話はおろか、メールさえないこの世界。あるのは手紙だけ。その手紙さえ、届くまでに一年以上かかることはざらだ。むしろ届くだけ運が良いと思わなければならない。配達人が戦《いくさ》に巻き込まれて死亡したり、盗賊の類《たぐい》に強奪されることも珍しくないのだから……

早くメルさんと会って、色んなことを話したい。メルさん自身のことや、これからのこと。私の秘密もいつか話せたらいいな。

記憶の中のメルさんに思いを馳《は》せていたそのとき、ふと彼について何も知らないことに気付いた。

……嘘、信じらんない。名前しか知らない人と婚約してるの？　私。

今、私が彼について知っていること。

――メルという名前に、百九十センチ近い見事な体躯《たいく》。

――女性なら誰もが見惚《みと》れるほど整った顔。深い蒼色《あおいろ》の瞳。

――ブランシャールでは珍しい金色の髪に、深い蒼色の瞳。

――自信に溢《あふ》れていて、博識。そして意地悪。

これら以外の情報は、全て憶測だ。きちんと本人から聞いたわけじゃない。

――たぶん旅人。たぶん強い。たぶんモテる。たぶんそこそこお金持ち。

婚約者なのに、『たぶん』が多すぎて笑える。

どこの出身で、家族はいるのか、何歳なのか。そんなことさえ知らない。これで婚約者だというのだから、日本であれば結婚詐欺を疑うレベルだった。

だけど、私は彼に何も与えていないのだ。お金もピアスも……そして身体さえ。メルさんに盗られたものはたった一つ――心だけだ。

「どこぞの大泥棒かっての……」

これではいくら優秀な日本の警察であっても、被害届は受理してくれないだろう。

今の私には、メルさんを信じることしかできなかった。

「どうしたんだい？　またメルさんのこと考えてるのかい？」

ボーッとしている私を見て、「若いっていいねぇ」と笑うジーナさん。

「そんなところを悪いんだけどさ、小麦粉を買ってきてくれないかい？」

「わかりました」

私はジーナさんから手渡されたカゴを持って、食料品店に向かう。

買い物を終えて宿に戻ろうとしたら、村の男の絶叫が辺りに響き渡った。

「大変だ!!　セ、セフィラードが攻めてきたぞぉー!!」

その声に続いて、他の男たちも口々に叫び始める。

「女と子供は家に入れっ！　早く！」

「じいさんとばあさんも早く隠れるんだ！」

「男は全員何か持つんだ！　鍬《くわ》でも鋤《すき》でも包丁でもなんでもいい!!　とにかく武器になりそうなものを、早くしろ！」

恐れていたことが現実となった。――セフィラード軍が、ついにあの山を越えてきたのだ。

村の男たちが数日置きに見回りをしていたにもかかわらず、誰も気付かなかったのだろうか。

村はそれまでの穏やかさから一転、極度の混乱に陥《おちい》った。

小さな子供を抱えた母親が、スカートの裾《すそ》を翻《ひるがえ》しながら必死に走る。

働き盛りをとうに過ぎた男性が、藁山《わらやま》に刺してあったホークを手に勇《いさ》ましく駆《か》け出す。

だが誰を見ても、顔からは不安と恐怖が滲《にじ》み出ていた。

――私だって怖い。

「メルさんっ……」

不安から思わず愛《いと》しい男の名を呼ぶも、当然返事はない。

私に安心感を与えてくれる大きな手も、庇《かば》ってくれる広い肩も、今はない。

私は竦《すく》みそうになる足を必死に動かし、宿に戻る。

はぁはぁと息を弾ませながら宿に飛び込むと、ジーナさんが硬い表情で迎えてくれた。

ヒューゴさんはいないようだ。おそらく使い込んだ包丁を持って、外に出たのだろう。

――怖い。手足の震えが止まらない。

そのとき、ふとセフィラードや死神陛下について、メルさんが教えてくれたことを思い出す。

私は噂《うわさ》よりも、メルさんの言葉を信じる。

「ジーナさん、大丈夫ですよ。メルさんが言ってたんです。前に――」

ジーナさんを抱きしめながら、メルさんの話を伝える。彼女を安心させるため、そして自分自身に言い聞かせるために……

数分後、ジーナさんは落ち着きを取り戻した。

そうなれば気になるのは外のこと。ジーナさんと二人、食堂の窓からそっと外を窺《うかが》う。

すでにセフィラード軍は、村を完全に包囲していた。もはや、蟻《あり》一匹とて逃げられそうにない。

全員が、剣や槍などの武器を手にしている。そんな彼らと対峙《たいじ》しているのは、鍬《くわ》や鋤《すき》を持った村の男たちだ。

戦えば確実に負けるとわかっていても、村の男たちは誰一人として逃げ出そうとしない。

――村を、親を、妻を、子を、恋人を、見捨てることなどできないのだ。

男たちは一様に思いつめた表情で、村の入り口を固めている。

そのとき村を取り囲む歩兵の列が割れ、その隙間《すきま》から銀の甲冑《かっちゅう》を身に着けた騎兵が何人も現れた。その中に一人、色の異なる鎧《よろい》を纏《まと》った者がいる。

――どことなく不吉な印象を与える、黒い鎧。

「……近衛兵だね」

ジーナさんが、ボソリと呟《つぶや》く。

「近衛、兵……死神陛下が、この地に来て、る？」

近衛隊がいるということは、国王自ら陣頭指揮をとっているのだ。

村の男たちもそれに気付いたようで、動揺の色が見える。

黒い鎧の人物――近衛兵は、村の男たちの十メートルほど手前で馬を停め、よく響く声で名乗りを上げた。

「セフィラード近衛隊、副隊長のヘイズ・マグワイアだ。この村の代表者に話がある。手荒なことはしたくない。代表者は前へ出よ」

近衛隊の副隊長だと名乗ったのは、まだ二十代と思《おぼ》しき若い男性だった。無造作に跳ねた茶褐色《ちゃかっしょく》の髪が縁取《ふちど》る顔は、モデルかと思える程に華やかだ。

想像していなかった超高官の登場に、村の男たちは驚き、固まっている。その間を縫うようにして、村長が前に進み出た。

村長は高齢なので、武器を持ったところで戦力にはならない。だから男たちの背後に佇《たたず》み、静かに見守っていたのだ。

加齢と共に細くなった身体は、周りにいる男たちが皆屈強な身体つきをしているせいで余計に小さく見える。

だが長いひげをたくわえ、背筋をしゃんと伸ばした姿は威厳を感じさせた。

間違いなく彼はこの村で一番冷静で、物知りで、公平な、村長たるべき人物なのだ。

そんな村長を馬上から一瞥《いちべつ》した副隊長《マグワイア》は、驚いたことに馬から降りて声をかける。

「この村の代表者か？」

「はい、村長のメガンと申します」

村長は、いつもと変わらぬ静かな声で答えた。

「少し話したいことがある。同行してもらえるか？」

「もちろんでございます」

近衛の副隊長ともなれば、国家のエリートだ。村長よりも格段に身分が高い。

そのような人物にしてはあまり偉ぶった様子はなく、むしろ村長の意思を尊重していることが窺《うかが》えた。それでも村長を一人で行かせるのは危険だと判断したようで、何人かの者が同行を申し出る。

しかし、それは当然のごとく却下された。

丁寧な物言いはしていても、決して対等ではないのだ。

「大丈夫じゃ、心配せずともよい」

村長はマグワイア卿に連れられ、立ち並ぶ兵士たちの向こう側へと消えていった。

残された村人たちは不安げに、村長が連れて行かれた方角を見つめている。

「ジーナさん、これからどうなるんでしょうか？」

「さあねぇ。もうこうなっちまったら、腹を括《くく》るしかないのかねぇ。とりあえず今は、村長が無事戻ってくることを祈るばかりだよ」

　私はジーナさんと二人、食堂の椅子に腰を下ろして事態が動くのをじっと待った。村長はなかなか戻って来ず、不安だけが募る。

　一分が数十分にも感じられる。私の不安が限界まで高まったとき、ジーナさんが立ち上がった。

「何だか表が騒がしくないかい？　……あぁ良かった。村長が戻ってきてるよ。どうやら手荒なことはされてないみたいだね」

　窓の外を見たジーナさんが、一気に捲《まく》し立てる。

　私も慌《あわ》てて窓の外を見ると、村の青年がこちらに走ってくるのが見えた。

「おそらく村長から話があるんだろうねぇ。セイラ、行こうか」

「はい」

　そう言うと、私たちは窓を離れて外に出たのだった。


　集会所として使用している教会に、村人全員が集められた。

　村長が講壇《こうだん》に立ち、黒い甲冑姿《かっちゅうすがた》のマグワイア卿と数名の兵士が村人たちに目を光らせている。

そんな異様な雰囲気の中、村長が口を開いた。

騒がしかった村人たちは途端に静まり返り、皆村長の話に真剣に耳を傾ける。

「まずは、皆に心配をかけたようで、すまんのう。ワシはこの通り、何もされておらん。そもそも、セフィラード軍はこの村に攻め入ってきたわけではないのでな。その点をまずは説明しようと思う」

村長の言葉で、静まり返っていた室内が一気に騒がしくなった。

「これ、静かにせぬか。年寄りに大声を出させるものではないぞ。この度の進軍は、レオンハルト王太子殿下もご存じとのこと。セフィラード王との間に、同盟が結ばれたという話じゃ」

「同盟？　まさか……大公と戦《いくさ》をするために？」

村人の一人が呟《つぶや》くと、村長はゆっくりと頷《うなず》いた。

「そうじゃ。殿下と大公との戦は近い。日に日に小競り合いが増えているからの。じゃが殿下と大公では、武力の差は歴然。そのため、殿下がセフィラード王の力を借りたというわけじゃ」

「村長、じゃあブランシャールはセフィラードの属国になるんですか？」

「……そうじゃ」

その言葉を聞いて、大勢の者が項垂《うなだ》れる。

「じゃが、違うとも言えるのう。属国とはいえ、殿下の王位を認めてくださるそうじゃ」

異例中の異例と言えるだろう。普通なら後の禍根《かこん》を断つためにも、王族は処刑されたり幽閉《ゆうへい》されたりしそうなものなのに……

「そんな都合のいい話、信じるのか!? 相手はあの死神だぞ! 皆、目を覚ませ!

セフィラードに何の得もなしに、そんな美味《おい》しい話を持ってくるわけないじゃないか!」

村人の一人が真っ赤な顔で叫ぶ。それに同調する声もチラホラと上がるが、村長は至って冷静だ。

「これこれ、落ち着かぬか。どうやらセフィラード王は大公の治める土地から逃げ出した難民が自国民との間で頻繁《ひんぱん》に問題を起こしていることに、頭を抱えておられるそうじゃ」

「まあ、逃げ出すのも無理はないさ。大公のところは税が重い上に、取り立てが厳しいっていうからな……」

「そうじゃ。セフィラード王は自国を巻き込む大公を敵と認定したのじゃ」

「でも、なんでこんな小さな村に?」

それは私も思った。直接大公領に攻め込めばいいのではないか?

「隙《すき》をつくるため、と言っておられたの」

「隙？」

「ああそうじゃ。セフィラード軍が王太子領のこの村に進軍したとなれば、大公はこの好機を見逃さず、必ず攻め入ってくるはず。そこを叩くという話じゃ」

「確かに戦《いくさ》好きの大公なら、そんな状況見逃さないだろうなあ」

村の人たちは納得した表情で頷《うなず》いているが、皆、何も思わないのだろうか？

このまま話が終わってしまっては大変だと、仕方なく手を上げた。

「……ん？　何じゃ？　セイラ」

「すみません、一つだけ聞いておきたいのですが……そんな戦況を左右しかねない作戦を、こんな大々的に公表していいんでしょうか？」

もし村人の中に大公側のスパイが紛《まぎ》れ込んでいたり、村人から話を聞き出した傭兵《ようへい》が大公側に情報を売ったりしたら、大変なことになると思うんだけど……

「その問いには、私が答えよう」

そこに聞き慣れない声が割って入る。ずっと教会の片隅で村長の話を黙って聞いていた、マグワイア卿だ。

改めて見ても、こんな辺境の村には似合わない、垢抜《あかぬ》けた男性だ。いかにもエリートらしく、身なりもきっちりしている。

「女性にしては、なかなかに鋭い視点を持っている」

「……ありがとうございます」

なんだか含みのある言葉だったので、つい返事をするのに間を空けてしまった。

だがマグワイア卿は、気にしていない様子で皆の方に向き直る。

「彼女が言ったことは、我々も想定済みだ。宿に滞在していた傭兵《ようへい》たちは、事情を一切話さず村の外に放り出した。彼らが見たことだけを大公側に知らせれば、より噂《うわさ》に信憑性《しんぴょうせい》が増すだろう。それから村の者たちだが、戦が終わるまで村《ここ》から出すことはできない」

その言葉で、村人たちはガヤガヤと騒ぎ出す。

「それほど戦《いくさ》は長くない。我々が手を貸すのだ、長くとも三ヶ月で片が付く」

村人たちは「その程度ならば……」と顔を見合わせ頷《うなず》いている。

移動手段が馬か徒歩しかないこの世界。武器も剣や槍がメインならば、戦に時間がかかるのも仕方ない。三ヶ月なら、まだ早い方なのだろう。

だが、私にはそれよりも気になることが一つある。

……傭兵の宿代は？

皆が気を取られている間に、こっそり隣に座っているジーナさんの袖《そで》をひっぱり、尋《たず》ねてみた。だが「およし！　そんなこと聞いて目を付けられたらたまらないよ！」と逆に怒られてしまった。

「ウオッホン」

村長がわざとらしく大きな咳払《せきばら》いをする。

「皆にも聞いてもらった通りじゃ。しばらくはセフィラード軍の皆さんが村に滞在するが、気にすることなく普段通り過ごして欲しい」

村長がそう締《し》め括《くく》り、この場は一旦解散となった。

不満げな顔をした者が何人か残っているが、ここは協議する場ではなく、周知する場なのだ。それを間違えてはならない。

主導権はセフィラード側にあり、私たちはただ従うだけ。

「ここにいても仕方ないからね、私たちも戻ろうか」

ジーナさんにそう言われて出口の方へ歩き出したとき、マグワイア卿に呼び止められた。

「少し、いいだろうか？」

「……何かご用でしょうか？」

私は立ち止まり、振り向きながら問いかける。

「先程は見事な質問だった。言っては悪いが、まさかただの村人——しかも女性からあのような質問が上がるとは想像もしていなかった」

先程と同じく、やはり何かひっかかる言い方だ。

「それは、褒《ほ》めてくださっているんでしょうか？」

「失礼。気分を害してしまったか？　もちろん褒めているんだが……ただ少し気になったもので。どうしてあのような質問を？」

一見何気ない風を装っているマグワイア卿だが、その視線はとても鋭い。

……まさかスパイか何かだと疑われているわけじゃないよね？

下手にごまかしでもしたら悪い方向に行ってしまいそうなので、真実を口にする。

「だって、情報は大切でしょう？　情報戦という言葉もあるくらいですし……」

「情報戦、ね」

視線がさらに鋭くなったのを見て、背筋を冷たい汗が流れ落ちる。

「情報というのは、上手く使えば武器にも盾にもなり得ますから」

「……私の知っている方《かた》も昔、同じことを言っていたな」

私の言葉でマグワイア卿は昔を思い出したのか、ふっと表情を緩めた。

安堵した私は、大きく息を吐き出す。

「そう、ですか……」

日本でも情報戦や心理戦といった概念は比較的新しい。それを文明があまり発達していないこの世界で、すでに気が付いている人がいる。そのことに驚いた。

「引き止めてすまなかったな。ではまた」

話を切り上げたマグワイア卿に頭を下げ、その場を後にする。

再会を予感させる別れの挨拶《あいさつ》だったが、正直二度と会いたくない。目を付けられ、怪しいやつだといって捕えられでもしたら大変だ。メルさんに会えないどころか、下手をしたら死んでしまう。

彼らには極力関わらないに限る。宿屋から出ないようにしよう。

そう決心し、急いで宿屋に戻った。


宿屋は、これまでにないほど静まり返っていた。

お客さんが全員強制退去させられたので、今はジーナさんたちと私しかいない。

……もしかして、このまま数ヶ月間、宿泊客なし？　そんなの食べていけないって。

どうするんだろう？

誰もいない食堂の椅子に座りながら現実的な心配をし始めたとき、背後でカランとドアベルの音が鳴った。

宿泊客のいない今、貴重な収入源である食堂のお客さんが来たと思い、満面の笑みで振り返る。

「いらっしゃ、い、ませ……」

だがドアを開けた人物を見て、笑顔が一瞬でこわばってしまった。

なぜならそこにいたのは、極力関わらないと決めたマグワイア卿だったのだから。

「先程ぶり、だな」

マグワイア卿は、この再会を予想していたんじゃないか？　そう思える程、余裕たっぷりに笑っている。

私が返事をするよりも早く、彼らを案内してきたらしい村長が口を開いた。

「セイラ、すまんがヒューゴたちを呼んできてもらえるかの？」

「は、はい」

慌《あわ》てて二人を呼んでくると、村長が重々しい口調で話し始める。

「実はの……ヒューゴとジーナ、それにセイラには、この方々のお世話をしてもらいたいのじゃ」

村長が示したのは、背後に立つマグワイア卿ともう一人の男性。

その男性は金髪で、青い瞳をしていた。一瞬メルさんに似ていると思ったが、よくよく見るとメルさんよりも冷たい雰囲気がある。

マグワイア卿と一緒にいるってことは……近衛兵の一人だろうか？

だがマグワイア卿が黒い甲冑《かっちゅう》を着込んでいるのに対し、もう一人の男性は色こそ同じ黒だが、質の良さそうな長衣を着ている。

……まさか。まさか……よね？

「セフィラード国王陛下と、マグワイア副隊長のお二人だ」

「しっ……」

危ない！　驚きのあまり、思わず『死神陛下』と口に出してしまうところだった。

「し？」

「し？」

首を傾げるマグワイア卿と村長。村長は高齢にもかかわらず、耳が良いようで何よりだ。

「し……んじられない程に、光栄でございます……」

思ってもいない言葉を口にする羽目になってしまった。

「そうか、セイラもそう言ってくれるのなら一安心じゃな。ヒューゴもジーナも良いか？」

「ここは宿屋だ。料金さえ支払ってもらえるなら、断りはしない」

ヒューゴさんは他国の王を前にしても、いつもの態度を崩さない。それどころかきっちり料金を請求するあたりは、さすがだ。

「もちろん無料《ただ》で世話になろうとは思っていない。そちらの提示する額を支払おう」

ヒューゴさんの言葉で不快になった様子もなく、セフィラード王自ら返答する。

「加えて、我々が追い出した傭兵《ようへい》たちの分も支払うことを約束する」

続けてマグワイア卿の口から出た言葉に、ピクリと反応してしまう。

ヒューゴさんも驚いた表情をしている。

「それは、とてもありがたい」

素直に感謝の意を述べるヒューゴさん。

メルさんの言っていた通り、彼らは悪い人ではないのかもしれない……そう見直しかけたとき、マグワイア卿が笑いながら言った。

「これで良かったかな？　お嬢さん」

その言葉でピンときた。……おそらく、教会で私がジーナさんに話していたのが聞かれたのだろう。

引きつった顔で微《かす》かに頷《うなず》くと、マグワイア卿は満足そうな表情を浮かべた。

村長は話がまとまったことで肩の荷が下りたらしく、ホウッと息を吐き出した。

「こちらに宿泊なさるのは、近衛兵の皆様と国王陛下のみじゃ。他の方々は村の外に天幕を張り、そこで寝泊まりされる。……ワシの家を使っていただくことを申し出たのじゃが、宿屋でいいと仰《おっしゃ》るのでな。すまんが頼んだぞ」

全力で拒否したいが、断れるはずもない。村長の言葉に、私たち三人はゆっくりと頷いた。

「短い間だが世話になる。私はヘイズ・マグワイア。近衛隊の副隊長をしている」

改めて自己紹介をするマグワイア卿。

彼が続けて隣に立つセフィラード王を紹介しようとしたところ、陛下自身が口を開いた。

「サイラス・ロンバートだ」

怜悧《れいり》な外見に相応《ふさわ》しい、淡々とした声。先程メルさんに似ていると思ったのが嘘みたいだ。

メルさんは、もっと生気に満ち溢《あふ》れた太陽のような人。夜空に浮かぶ月のようなこの人とは対照的だ。

「この宿屋の主人で、ヒューゴと申します」

「妻のジーナです」

深々と頭を下げて名乗る二人に、私も慌《あわ》てて続く。

「住み込みで働いております、セイラと申します」

「……彼らの娘ではないのか？」

私の言葉に反応したのは、マグワイア卿だった。

「はい、違います」

身元が不確かだからということで、追い出されたらどうしよう……

私は内心ヒヤリとしながらも平静を装う。

「この辺では珍しい色のピアスをしているな、結婚しているのか？」

――じ、尋問《じんもん》ですか？

「いいえ、しておりません」

「そのピアスをそなたに贈った相手はどこにいるのだ？」

「わかりません。旅人なので、諸国を巡っているかと思われます」

警察の取り調べでも受けているような気持ちになり、硬い表情で受け答えする私。

だが次に国王陛下が放った言葉を聞いて、思わず耳を疑った。

「戦《いくさ》が始まろうというこのときに、婚約者を一人置き去りとは。そんな薄情な者など捨てて、私の愛妾《あいしょう》にでもならないか？」

「へっ、陛下！」

マグワイア卿が慌てた様子で、隣に立つ王を諌《いさ》める。

そんな彼を気にも留めず、セフィラード王はさらに続けた。

「そなたの話はマグワイアから聞いている。なかなかに面白い娘と見た。私の愛妾となれば旅人風情と添い遂げるよりも、遥かに贅沢な暮らしができるぞ。どうだ？」

やはり、目を付けられてしまったようだ……スパイだと疑われているわけではないらしいので、その点は一安心だが。

しかしいくら王様といえども、メルさんのことを馬鹿にされたようで気分が悪い。

「畏《おそ》れ多いことにございます。私のような田舎者が陛下のおそばに侍《はべ》るなど、身に余ります。どうぞ、お赦《ゆる》しくださいませ」

心の中では『ふざけるな』と憤慨《ふんがい》しながらも、慇懃《いんぎん》にお断りする。

「まあ、気が変わったらいつでも申すがよい。まだ時間はあるゆえな」

自らの申し出を断られたにもかかわらず、眉ひとつ動かさない王。

私の気が変わるのは時間の問題だ――そう言わんばかりの態度にますます腹が立つ。

目が合ったら睨《にら》んでしまいそうだったので、私は深くお辞儀《じぎ》をしたままやり過ごしたのだった。

◇　◇　◇

セフィラード軍がこの村に滞在するようになって、早いものでひと月以上が過ぎた。その兵士たちは威張り散らしたりするどころか、むしろ非常に紳士的な態度だった。そのため初めこそ戸惑っていた村人たちも、次第にこの異様な状態に慣れていった。

セフィラード王が兵卒に交じって前線で戦うはずもなく、彼自身がこの村から動くことはなかった。

――死神って言われるほど強いなら、剣を持って出ていけばいいのに。そうすれば戦《いくさ》も早く終わるでしょうが……

とはいえ何もしていないわけではないようで、早馬《はやうま》が手紙を携《たずさ》えて頻繁《ひんぱん》にやって来る。おそらく戦況報告だろう。

またセフィラード王がここにいるおかげで、遠い大公領で行われている戦の状況を、わずかではあるが漏れ聞くことができた。

先日、ついに王太子と大公の間で全面戦争が勃発《ぼっぱつ》した。まだ決着はついていないそうだが、大公が負けるのは時間の問題だろう。

内戦――日本にいたときは、まさか自分が経験するとは思ってもみなかったことだ。

だが幸い戦地は遠く離れている上、私たちのいる村はセフィラード国王が滞在しているために、ある意味どの地よりも安全だった。

メルさんは大丈夫だろうか？　戦に巻き込まれてなければいいけど……

私は、どこにいるかわからない婚約者に思いを馳《は》せる。

メルさんがこの村を出て行ってから、二ヶ月程経った。

写真というものがないこの世界。記憶の中のメルさんは、少しずつ薄れていく。

――会いたい。顔を見たい。声を聞きたい。無事を知りたい。

愛《いと》しい人への思いは薄れるどころか、日に日に増すばかりだ。

せめて仕事に追われていれば、気を紛《まぎ》らわすこともできただろうが……あいにく宿屋は暇だ。

セフィラード王と近衛隊が寝泊まりしているとはいえ、さほどすることはない。

近衛兵たちは身の回りのことは自分でしているようだし、セフィラード王のお世話はマグワイア卿がしている。

私の仕事と言えば、食事を並べることだけ。はっきり言って仕事らしい仕事はない！

暇だ……と思いながら自室から外を眺めていると、コンコンと軽いノックの音がした。

「……また来た」

思わずボソリと呟《つぶや》く。

「セイラちゃん。マグワイアだけど、少しいいかな？」

だんだんと慣れ慣れしくなっていく口調。どうやら初対面のときのお堅い態度は、仕事用だったみたいだ。今となっては当初の面影など微塵《みじん》もないチャラい態度で接してくる。

私は無駄だと知りつつも、「よくありません」と言い返した。

このひと月の間、度々セフィラード王に呼びつけられては「愛妾《あいしょう》になる決心はついたか？」と聞かれている。

いい加減にして欲しい。

セフィラード王の髪の金色と瞳の青色。メルさんに非常に良く似たそれらの色を見るたびに、会いたいという気持ちが膨《ふく》らんでしまうのだ。

王だけでなく、セフィラードの人たちには金髪碧眼《へきがん》の人が多い。

中でも近衛隊は、八割が金髪碧眼だった。

日本生まれブランシャール育ちの私には、キラキラと眩《まぶ》しい集団。

近衛隊の入隊条件が、金髪碧眼だと言われても納得してしまうほどに派手だ。

でもそれを見て思った。きっとメルさんはセフィラード出身だ。セフィラードに詳しかったのも、そのせいだろう。

「ねえ、開けてよ」

コンコンコンと軽快なノックを続けるマグワイア卿を、無視する私。彼らは噂《うわさ》されているような極悪人集団ではないとわかったからこそ、こんな態度をとっている。

初めは、ものすごく警戒していた。というのもマグワイア卿たち近衛兵は、常に剣を佩《は》いているのだ。自ら戦うことがないセフィラード王さえ、常に傍《かたわ》らに剣を置いている。機嫌を損ねたら斬り捨てられてしまうのではないかと、ヒヤヒヤしていた。

そんな風に緊張していたせいで、一度セフィラード王の前で茶器を割ってしまったことがある。

あ、人生終わったかも……そう思い、サアーッと血の気が引いた。

「も、申し訳ございません！　どうかお許しくださいませ！」

私は慌《あわ》てて平伏した。

セフィラード王はそんな私を一瞥《いちべつ》し、ひとつ大きなため息をついて言ったのだ。

「安心しろ、それくらいのことをいちいち見咎めはしない。些細《ささい》なミスをした者をその都度処罰していたら、人手不足になってしまうではないか」

それを聞いて、私は思わず涙ぐんだ。

――セフィラード王万歳！　なんて良い王様なんだ！

普段ならそんなことは思わないけれど、恐慌状態だった私はひどく感動してしまったのだ。

でも正直、無茶もワガママも言わないし、本当に良い王様なんだよね。なぜ死神と言われているのか、首を傾げてしまうほど。

今ではセフィラード王の前でもほとんど緊張なんてしないし、近衛隊の面々とは気軽に話ができるようになっている。

そんなことを思い出していると、再度声がかかった。

「セイラちゃーん、聞こえてる？」

――コンコンコンコンコンコンコンッ。

ノックの感じから、マグワイア卿が痺《しび》れを切らしているのが窺《うかが》える。ドアを蹴破られてはたまらないと思い、渋々開けることにした。

「はいはい、聞いてますよー。今開けますから、蹴破らないでくださいねー」

語尾が伸びて、やる気のない返事になってしまった。だが構うものか。

ドアを開けると、マグワイア卿は「遅いよ、セイラちゃん」と言って満面の笑みを見せた。

「じゃ、行こう。陛下が待ってる」

そう言うなり、彼は説明もなく私の腕をつかんで歩き出す。

……大きな手。常日頃から剣を扱っているからだろう。手のひらが硬い。

「何？　俺の手そんなにカッコイイ？」

私の視線に気付いたマグワイア卿が、人懐っこい笑みを浮かべる。

「え？　ああ、すみません。いえ、大きな手だなって」

「そう？　普通だと思うけどな。まあ、セイラちゃんの手に比べたら大きいよね」

マグワイア卿は立ち止まって、私の手のひらに自分の手のひらを重ね合わせた。

「はは。やっぱりちっちゃいなあ」

クスリと笑うと、重ねていた手を少しずらし、指を絡めてくる。俗に言う、恋人繋ぎってやつだ。

あまりに自然だったので、抵抗できなかった。

……この人、絶対遊び人だ。

手を振りほどこうかと思ったが、手を繋いだだけで騒ぐような年齢ではない。頬を染めるほど初心《うぶ》でもない。これくらい浮気にはならないだろうし、まあいいか。

「陛下はセイラちゃんを『愛妾《あいしょう》に』って仰《おっしゃ》っているけど、俺もセイラちゃんの恋人に立候補したいな。さすがに陛下の愛妾並みの贅沢はさせてあげられないけど、給料はそこそこもらってるよ？　それに陛下だと、他の娘《こ》と取り合いで大変だよー。あ、これ陛下には内緒ね」

マグワイア卿は繋いでいない方の手の人差し指を唇に当て、『シーッ』という仕草をした。

……本当に、どこまでが本気なのか、わかりにくい。

「取り合い……ですか？」

「あれ知らない？　陛下は王妃一人と愛妾二人、合計三人まで城に迎えることができるんだよ。その中の一人、王妃とだけピアスを交換するんだ」

「三人……やっぱり跡継ぎのためですか？」

日本では大奥というハーレム制度があったことだし、三人と言われても特に多いとは思わない。

「そうだね。高貴な血筋を絶やすわけにはいかないからね」

「陛下はまだ、ご結婚はされていないですよね？」

確かセフィラード王は、ピアスをしていなかったはず……

特に意図があってした質問ではない。好奇心と、話の流れからだ。

だが私が尋《たず》ねた直後、マグワイア卿はそれまでの緩い雰囲気を一変させ、厳しい表情をした。

「ご成婚はされていない。しかし王妃ともなると家格や財政、それに外交などのしがらみがあるから、政略結婚となるだろう。……愛妾ではなく『王妃に』と言われたら、陛下の申し込みを受けるのか？」

「い、いいえ。私には、何度も言ってますが婚約者がいますので……。どのような待遇であっても、お受けすることはありません」

マグワイア卿の態度に少し怯《ひる》みつつも、きっぱりと返事をする。

「そうか、ならいいんだ。愛する男がいるってさんざん言っていたのに、『王妃ならなってもいい』なんて言い出すのかと思っちゃったよ」

軽い口調に戻しながらも、再度釘をさしてくる。

……まさか、私が王妃になりたがってると思われていたわけ？　ありえないから！

一夫多妻制なんて、水面下で女の闘いが繰り広げられているわけでしょ？　ごめんだわー。そんなめんどくさい世界に自分から飛び込んでいくわけないよ。

メルさんのためならまだしも、愛してもいない人のためにだなんて。

それにしてもマグワイア卿のやつ、私が『王妃』という身分に目が眩《くら》んで、セフィラード王に靡《なび》くとでも思ったわけ？　腹が立つ！

沸き上がる怒りを、嫌味で丁寧にラッピングして投げつける。

「陛下はお気に召した方を愛妾《あいしょう》として迎えることができますが、政略結婚をさせられる王妃様は、お気の毒ですね。まあ愛妾として迎え入れられた方も、陛下が他の方のところに通うのを見ていないとならないのですから、それもお可哀そうですけどね。当然女性は、愛人をもつことは許されていないんでしょう？　同情いたします」

王妃はもちろん、愛妾になる気もないんだよ！　と言外に伝えた。

私の嫌味に気付いたのだろう、マグワイア卿が焦ったように言う。

「す、全ては国のためだからね。仕方ないことだよ」

それはわかるし、お互いが理解しているのなら口を挟むつもりもない。……というか、どうでもいい。

私が言いたいのはただ一つ。

――邪推《じゃすい》して、私を巻き込むんじゃない！

「陛下が待ってる。行こう！」

気まずさをごまかすように言い、マグワイア卿が再び歩き出した。

無言のまま廊下を歩き、やがて二階の角部屋の前へたどり着いた。以前メルさんが使っていた部屋だ。

「陛下、マグワイアです。セイラさんをお連れしました」

「随分《ずいぶん》と時間がかかったな。入れ」

「申し訳ありません。失礼します」

室内にはセフィラード王ともう一人、見慣れぬ男性の姿があった。

「セイラ、メルという名に心当たりはあるか？　この者がそなた宛ての手紙を預かったそうなのだが――」

「えっ！　メルさん!?　心当たりあります、知ってます！　ください。早く!!」

私はセフィラード王の前だということも忘れ、男性に詰め寄って手を差し出す。

その迫力に圧《お》されたのか、男性はすんなりと手紙を渡してくれた。

「ありがとうございます!!」

ひったくるように受け取ると、早速封を開こうと手をかけた。

しかし、思うところがあって開けるのをやめた。

メルさんからの初めての手紙だ。一人っきりで読みたい。

「どうしたのだ？　読まぬのか。その慌《あわ》てよう……そうか、婚約者からの手紙か」

「陛下、呼ばれて参ったばかりで申し訳ありませんが、一度失礼してもよろしいでしょうか？」

「話のあとに渡すべきであったな。仕方あるまい。マグワイア、部屋まで送ってやれ」

「承知しました。ではセイラさん」

「はい。ありがとうございます、陛下。失礼いたします」

逸《はや》る心を抑えつつ、廊下に出てドアを閉める。

先程までの気まずい雰囲気などすっかり忘れ、握りしめた手紙のことで頭がいっぱいだった。

くるりとマグワイア卿を振り返り、片手を挙げて「ここで結構ですので、では」と言うや否《いな》や、廊下を駆《か》け出す私。

マグワイア卿の唖然とした顔がちらりと見えたがどうでもいい。

急いで部屋へと戻ると、中身が破れないよう慎重に手紙を開く。

そこには野性的な見た目に似合わない、流麗《りゅうれい》な文字が並んでいた。

〝――愛するセイラ。元気か？　ようやくお前に手紙を届けられそうだ。たまたま酒場で知り合った者が、セイラの村に早馬《はやうま》を出すというから渡すことにした。無事に届いていればいいのだが。村の噂《うわさ》は俺も聞いた。大丈夫か？　とはいえ前も言ったが、セフィラード軍をそれほど恐れる必要はない。彼らは敵対する者には容赦ないが、そうでない者には寛容だ。だから心配するな。それともうすぐ、セイラとの約束を果たせるかもしれない。楽しみに待っていろ。メル〟

とても短い手紙だった。それでも私は嬉しさのあまり、何度も何度も読み返す。

――メルさんが、もうすぐ帰ってくる！

手紙の文字が、涙でかすんで見えなくなる。ポタリと落ちた涙で、インクが浮き上がった。

慌てて袖《そで》で拭き取り、少し滲《にじ》んでしまった文字を指でそっとなぞる。

ただの文字が、こんなにも愛《いと》しい。

もうすぐ、もうすぐ会える。会いに来てくれる。どうしよう、嬉しい！

私は嬉し涙というものを、流したことがなかった。もちろん悲しいとき、悔しいときには泣いたことがある。だが、嬉しくて涙を流すのは初めてだった。

――本当に、嬉しいときにも涙って出るんだ！

「あはははははっ！　なんだろう、すごく楽しい！」

声を上げて笑うのなんていつぶりだろう？　社会人になってから、愛想笑いは日常的にしていても、これほど笑った記憶はない。小さい頃は、友達と毎日のようにお腹を抱えて笑っていたのに。

もし部屋の前を誰かが通ったら、ギョッとするかもしれない。でも構うもんか。思う存分笑ったあとは、とても爽快《そうかい》な気分だった。

返事を出したい！　そう強く思った私は手紙を届けてくれた男性に直接頼んでみようと、急いで部屋を出る。

まだその男性がいることを祈りながら、セフィラード王の部屋の扉をノックした。

「セイラでございます。少しよろしいでしょうか」

返事を確認してからそっと扉を開けると、セフィラード王が目を細める。

「その顔だと、手紙には何やらいいことが書いてあったみたいだな」

こくんと頷《うなず》きながら、室内を見回す。

――よかった、いた！

手紙を届けてくれた男性は、まだ部屋にいた。

「陛下、先程は失礼いたしました。それとできましたら、この手紙に返事を出したいのですが……」

「わざわざ届けることはできないが……」

私の言葉を聞いた陛下は少し考えこんだあと、手紙を届けてくれた男性に向かって尋《たず》ねる。

「その者に再び会うことはできるのか？」

「しばらくは移動せず、その土地に滞在するとのことでしたので、会えるとは思いますが……」

「そうか。ではセイラ、口頭でもよければ伝えるがいい。この者は軍の伝令係のため、そなたが手紙を書く間待たせておくわけにはいかない。……それに、手紙で機密を漏らされても困るのでな」

「ありがとうございます！　感謝いたします」

私はそう言って、深々とお辞儀《じぎ》をする。

本来なら軍の伝令係を私用で使うなど、もってのほかだろうに……本当に、知れば知るほど良い王様だ。

「では何と伝えたらいいでしょうか？」

伝令係の男性が、私に尋ねてくる。

何て伝えてもらおう……言いたいことはたくさんあるけど、手紙と違ってこの場で口にしないといけないので、照れくさいセリフは言えそうにない。それを伝えないといけない伝令係も可哀そうだし。

「では……『約束の日を楽しみに待っています』。そう伝えていただけますか?」

「了解いたしました。では失礼いたします」

「ああ、ご苦労であった。委細任せたぞ」

「お任せを」

伝令係の男性はセフィラード王と短くやり取りすると、部屋を出ていった。村に着いて間もないだろうに、休むことなく戻らなければならないとは大変な仕事だ。

だが是非とも早く元の場所に戻って、メルさんに伝えて欲しい。

伝令係が無事に戻れるよう、私はそっと祈った。

「随分《ずいぶん》とそっけない伝言であったな。私に遠慮せず、見せつけてくれてもよかったのだぞ?」

口の端を歪《ゆが》めながら、セフィラード王が言う。

出会った頃は表情に乏《とぼ》しいと思っていたが、最近は彼の表情の変化がわかるようになった。

顔の筋肉を大きく動かすことはないけれど、わずかに目を細めたり、口の端を歪《ゆが》めたり、眉を顰《ひそ》めたりするのだ。

先程の表情も、私をからかっているんだと今ならわかる。

「軍の伝令係という大事なお役目をおもちの方に、あまり余計な伝言をお預けするわけにもいきませんので」

「……ああ、そういえばそなたに言っておくことがあった。先程呼び出したのも、本当はそれを伝えようとしてのことだったのだ」

優雅にカウチに腰掛け、長い脚を組み替えながらセフィラード王が言う。

安物でも、座る人が違うとそれなりの物に見えてくるから不思議だ。

「戦地に赴《おもむ》いている近衛隊長のウォーレンより、あと数日で、戦《いくさ》が終わりそうだと連絡があった。戦が終われば、我々はすぐに帰国する。戦後処理まで面倒を見るつもりはないからな。内乱で荒れた国内を復興させるためにレオンハルト殿は即位早々苦労するだろうが、王位に就《つ》くとはそういうことだ」

苦い表情のセフィラード王。戦に勝てそうだというのに、嬉しくないのだろうか？

「では、陛下はそろそろご出立《しゅったつ》なさるのでしょうか」

「いや私は戦に出るつもりはない。ウォーレンが戻るまでの間、もう少し世話になる」

「承知いたしました」

「……愛妾《あいしょう》として私と共にセフィラードに行くという決心は、まだつかぬか」

全くもって、しつこい男だ。金持ち、美形、そのうえ王様とくれば、女性には不自由しないだろうに……なぜ一介《いっかい》の村娘にここまで執着するのだろうか？

「陛下、何度も申し上げております通り、私には畏《おそ》れ多いことにございます」

私はお辞儀《じぎ》して返答する。

毎日同じことを尋《たず》ねてくるのだが、一度お断りしたらその日は二度と言ってこない。

今日もこれで諦めてくれると思ったけれど、どうしてか引き下がる様子がない。

セフィラード王はギシッと音を立ててカウチから立ち上がり、ゆっくりと近づいてきた。

お辞儀したままの私の視界に、黒い軍靴が入る。

セフィラード王は私の顎《あご》に手をかけ、強引に上向かせた。

「本当に強情な娘だ。なぜ拒む？」

いつもと違う雰囲気に呑まれ、声が出ない。

「私はそなたの好みではないか？　それとも、愛妾という立場が気に入らないのか？　どうなのだ、答えよ」

「畏れながら申し上げます。……私好みか、そうでないかという問題ではないのです。

マグワイア卿にもお話しいたしましたが、王妃か、愛妾かという問題でもございません。私には婚約者がおり、彼を愛しております。それが全てなのでございます」

セフィラード王の真剣な眼差しを受け止めたまま、きっぱりと言いきる。

こういった話をするときは、いつもお辞儀をしていた。こうして視線を合わせて話すのは、初めてのことだった。

私の返答を聞き、セフィラード王はあっさり手を離す。

「そうか。部屋に戻ってよいぞ。すまなかったな」

去り際に見えたセフィラード王の表情は、なぜかこれまでで一番嬉しそうだった。

7　衝撃の再会

ついに先日、内戦が終結した。

この戦《いくさ》を引き起こした元凶である大公マーカスは、戦場で命を落としたらしい。

セフィラード軍は半年はかかるだろうと言われていた戦を、わずか二ヶ月足らずで終結させたのだ。

――やっと、終わった。

村人はそこかしこで噂話《うわさばなし》に興じている。レオンハルト殿下が勝って嬉しいのだろう。興奮しながら、まるで自分の武勇伝のように語っている人もいる。

散歩中、通りかかった食料品店の前で、二人の男性が話し込んでいた。

「さすが死神陛下だな。あの方の名前を出すだけで、大抵の兵はビビっちまうって話だ」

「でもよ、大公領の一般兵って農民が強制的に徴兵されているって噂だぞ……生まれた場所がたまたま大公領だっただけで、俺らと同じ農民だってのに運が悪いことだな」

そう言いつつも、『運が悪い』の一言では片づけることができない思いにとらわれ、表情を暗くする村人。

「それがよ、投降した兵士は殺さず、村に戻してるらしいぞ」

「……本当か？　あの死神陛下が？」

噂と違うセフィラード王の寛容な処置に、村人たちは首を傾げている。

「ま、俺たちにとっても、殿下を救ってくれたセフィラード軍は恩人だしな」

「だな。影の功労者である近衛隊長も戻ってくるらしいぞ。その準備で皆大忙しさ」

「あ、いっけねえ。俺、母ちゃんに鶏買って来いって言われてたんだった！」

「俺も、小麦買いに来たんだった！」

男たちは、急に青褪《あおざ》めバタバタと店の中へ入っていく。

「そっか……そろそろだよね」

先日、終戦を告げる早馬《はやうま》と共に、順次国王のもとに戻るという旨《むね》の手紙がセフィラード王に届けられた。

軍を率いていた近衛隊長のウォーレン卿が、今日あたり村にやってくるらしいのだ。

そのため村のあちらこちらで、ごちそうが作られている。肉の焼ける香ばしい匂いや、ケーキの甘い匂いが漂《ただよ》ってきた。

「いい匂い……ここにいても無駄にお腹空《す》いちゃうだけだし、宿屋に戻ろっと」

そう思い逃げるように帰ってきた宿の食堂には、外以上に食欲をそそる匂いが立ち込めていた。

ぐううう、と空腹を主張するお腹を抱えつつ厨房《ちゅうぼう》を見ると、ヒューゴさんが山のような料理を作っている。

他の村人と同じく、今日やってくるかもしれない軍の人たちに、美味《おい》しいものを振る舞おうとしているのだろう。

……でも、今日来なかったらどうするんだろ？

そんな心配をしながら、食堂の中にいた方がお腹が減ってしまいそうだと思い、再び外に出た。

やることがない私は気持ちのいい陽射しの中、またブラブラと散歩する。

村人と会っては少し立ち話をし、兵士を見つけては軽く会釈《えしゃく》した。

初めは兵士を遠巻きに見ていた村人たちも、ふた月もすると慣れてしまい、いつの間にか気安く話すようになっていた。

また兵士たちも、偉ぶることは一切ない。むしろ進んで力仕事をしてくれたり、自警団の面々に稽古をつけてくれたりするため、関係は良好である。

今も何人もの兵士が村人に交じって村の手伝いをしているのが見える。

こうして遠目で見ていると、村人との区別がつきにくい。

というのも、彼ら一般兵は茶髪や赤毛の者が多く、黒髪や茶髪の多いブランシャール人に混じっていてもさほど違和感がないのだ。

どうやら金髪は、セフィラードの貴族階級の者に多い特徴らしい。だから貴族の子弟ばかりである近衛隊は、無駄にキラキラと眩《まぶ》しかったというわけだ。

その話を聞いたとき、メルさんも貴族なのだろうかと思った。

自分のことを話さなかったのも、そのことと何か関係があるのではないか？　と。

——貴族の庶子、継母の虐《いじ》めに耐えかねて家を飛び出し旅人に……だめだ。どうしても昼ドラ風になってしまう。

とはいえ貴族でなくても金髪の人はいるらしいから、はっきりとはわからない。

まあ、もうすぐ会えるんだから、そのときに聞けばいいよね。

そう思いつつ、胸元からそっと手紙を取り出す。

手紙は小さなお守り袋の中に入れ、首から下げられるようにしてある。いつも服の中に隠して持ち歩いているのだ。

内容を暗記してしまうほど読み返した手紙の袋を握りしめる。

早く会いたいなぁ。今はどの辺りにいるんだろう？　と考えたとき、遠くに土煙《つちけむり》が見えた。

まさか、メルさん!?　……なわけないか。

一騎や二騎で駆《か》けただけでは、あれほど土煙は立たない。少なくとも数十騎はいるはずだ。

つまり、セフィラードの近衛隊長たちがやってきたのだろう。

「陛下にお伝えした方がいいよね？」

私はお守り袋を服の中に戻し、足早に宿屋へ戻った。

「おや、おかえりセイラ。出かけてたのかい？」

「ただいま。近衛隊長たちが戻られたみたいですよ。向こうの方角にすごい土煙《つちけむり》が見えましたから。一応陛下にお伝えしてきますね」

言いながら、トントンと軽快な足音を立てて二階に上がる。

「そうかい。料理が無駄にならなくて済んだよ。全くあんたは――」

どうやらジーナさんも私と同じ心配をしていたらしく、ヒューゴさんに小言を言っている。今にも喧嘩《けんか》が始まりそうな雰囲気だが、大丈夫だろう。しょっちゅうこんな言い合いをしているが、とても仲の良い夫婦なのだ。

私は二階の角部屋の扉をノックする。

「失礼いたします、セイラです。少しよろしいでしょうか」

短い返事があったので、静かに部屋に入った。

「どうした？」

「近衛隊長たちが間もなくお着きになられるようでしたので、ご報告に上がりました」

「そうか」

「はい。それでは失礼いたします」

部屋の中にはセフィラード王の他に、マグワイア卿と数名の近衛兵がいる。これだけ人数がいるということは、何か話し合いをしていたのだろう。

伝えるべきことは伝えたのだから、さっさと部屋を出るべきだ。

「待て。私たちも共に下りて、彼らを出迎えよう。セイラ、これまで色々とすまなかったな。許されぬかもしれんが、先に謝っておく」

セフィラード王はそう言うと、マグワイア卿らを連れて私より先に部屋を出てしまった。

何についての謝罪なのだろう？　今までのセクハラか？

詳しく聞こうにも、すでにセフィラード王はいない。仕方なく、私も出迎えのために外へ向かった。

村人も兵士も皆、村の入り口に集まっていた。

土煙が近づくにつれ、ドドドという馬の足音が聞こえてくる。まるで地響きのようだ。

先頭は黒い鎧《よろい》の集団だ。おそらく近衛隊だろう。その後ろに騎馬隊が続く。歩兵は騎馬のスピードに追いつけないため、遅れてやってくるらしい。

村の入り口までもう少しという辺りで、馬のスピードが緩められた。

初めて見る映画のワンシーンのような光景に、ホウッと吐息が漏れる。

やがて兵たちは馬から降り、一人、また一人とこちらに向かってきた。

その中の一人を見て、私は思わず息を呑んだ。

――メルさん、メルさんがいる!!

「メッ、メルさんっ!!」

私は思わず走り出した。

絶対に見間違いなんかじゃない。本物だ。本物のメルさんだ！

もしかしたら伝令係の男性が、一緒に帰ろうと誘ってくれたのかもしれない。

気持ちばかりが急《せ》いて、足がもつれそうになる。

「メルさんっ！」

あと少しで手が触れる――というとき、私とメルさんの間に一人の近衛兵が割り込んだ。

私の身体は近衛兵に勢いよくぶつかる。

「痛っ」

近衛兵に腕をつかまれたので無様に転ぶことは免《まぬが》れたものの、無遠慮につかまれている腕が痛い。

「何ですか？　離してください！」

私は自分よりも遥かに大きな男を睨《にら》みつけ、食ってかかった。

「わきまえぬかっ」

近衛兵がそう言ったとき、メルさんの低い声がする。

「どけ、邪魔だ」

次の瞬間、「はっ」という短い返事と共に近衛兵が私の腕を離し、目の前からいなくなった。

状況が呑み込めなかったが、今はそんなことどうでもよかった。

私はメルさんに駆《か》け寄り、力いっぱい抱きつく。

太陽と土の匂いに混じり、メルさんの甘い香りがした。

「待たせたなセイラ。約束通り迎えに来たぞ。全て片が付いた。安心して俺のものになれ」

メルさんはそう言うと、ゆっくり口付けを落とす。

唇の隙間《すきま》から、メルさんの舌が入ってくる。初めは戸惑ったものの、次第に何も考えられなくなってしまう。

優しかったキスは次第に激しさを増していき、少し息苦しくなった私は「ふぅん」と声を漏らした。

メルさんは私の下唇をペロリと舐めると、「思っていたよりも情熱的だな。これからが楽しみだ」と囁《ささや》き解放してくれた。

……再会できて嬉しいけど、村の皆の前でなんてことを！　ううっ、私は楽しみどころか、先行きがとても不安です……

真っ赤な顔で恐る恐る振り返ったが、そこには予想だにしない光景があった。

なんとセフィラード王が、膝をつき頭《こうべ》を垂れていたのだ。

周りの兵士たちも同じだった。

村人たちは私たちのキスシーンよりもそちらに気を取られているようで、皆ポカンとした表情で兵士たちを見ている。

……助かった。

そんな的外れな感想を抱いたあと、私はようやくこの状況に疑問をもった。一体何が起こっているのだろう?

そのとき、凛《りん》とした声が響き渡る。声の主はセフィラード王だ。

「陛下、お帰りなさいませ。この度の戦《いくさ》、お見事でございました」

え? 陛下って、自分のことじゃ……誰に言ってるの?

セフィラード王の視線をたどると、その先にいるのはメルさんただ一人……

「ああ、ウォーレンもご苦労だった」

メルさんは低く、よく通る声で応えた。

「ウォーレン卿って……近衛隊長だよね? あの人はセフィラード王で……」

混乱する頭で必死に考え、一つの結論に至る。

「え、陛下って、メルさん……なの？　でも陛下のお名前はサイラス・ロンバートだって……メルっていうのは、偽名だったってこと？」

そう呟《つぶや》きながらフラフラとよろめく私。

メルさんはそんな私の腰をグイと引き寄せ、瞳を覗《のぞ》き込んで優しく問いかけてくる。

「セイラ、大丈夫か？」

「わけがわかんないよ……。メルさんは、メルさんじゃないの？」

「俺はメルだ。——正しくは、サイラス・メルバーン・ロンバートだ」

——この日、私は人生で初めて驚きのあまり気を失った。

8　知らされた真実

「んっ……」

目が覚めると、自分の部屋のベッドに寝かされていた。

「あ、れ？　私、どうしたんだっけ？　あ……」

──ああ、そうだ。メルさんが帰ってきたんだ。

意識を失う前の記憶が、一気に蘇《よみがえ》る。

「サイラス・メルバーン・ロンバート……」

それがメルさんの本当の名前。

「ミドルネームを省略して『メル』か……やっぱり派手な名前じゃん」

ははは、と自嘲気味な笑いが込み上げる。

メルさんはただ黙っていただけで、別に騙《だま》したつもりはないんだと思う。約束通り迎えにも来てくれたし。

旅人だというのも、本人から聞いたわけではない。勝手に判断して、決めつけていたのは私だ。

「でも旅人と国王じゃ、違いすぎるよ……」

今になって、ようやくマグワイア卿と陛下──いやウォーレン卿か──が、なぜあのような態度をとっていたのか理解できた。

「試されてたんだ……」

私がメルさんを裏切らないか。別の男に靡《なび》かないか。国のお金を自分の贅沢のために浪費しないか。

——悔しい。

奥歯をギリリと噛み締めた。そして、枕を思い切り壁に投げつける。羽の入った枕は、ポフンと可愛らしい音を立てて床に落ちた。

ベッドから出て落ちた枕を拾い上げ、殴りつける。何度も何度も殴って、叩いて踏みつけた。

軽く汗ばむまで枕に怒りをぶつけると、ようやく落ち着きを取り戻した。

深呼吸を繰り返して息を整え、乱れてしまった髪を手で整える。

そのとき、指先にピアスが触れた。

「ピアス……メルさんの……」

マグワイア卿の言葉を思い出す。

——王妃ともなると家格や財政、それに外交などのしがらみがあるから、政略結婚となるだろう。

——ピアスを交わすのは王妃のみ。

ただの村娘である私の耳にこのピアスが存在する以上、二つの言葉は矛盾《むじゅん》しているように思われる。

……だが夢は見るまい。

シンデレラストーリーという言葉があるが、シンデレラはもともと貴族の娘。白雪姫や眠れる森の美女だって、もともとお姫様だ。本当の庶民がプリンセスに……なんて話は、おとぎ話でもなかなかないのだ。

ましてや私はこの世界の人間ですらない。

「……冷静にならないと。頭に血が昇っていたら、的確な判断ができないよ。この世界でも、私は私らしく生きる。自分の人生だもの。何にも振り回されたくない」

目を閉じて、気持ちを落ち着かせる。

きっとこの部屋を出たら、メルさんか近衛の二人にすぐ捕まってしまうだろう。そして話し合いという名の説得が待っているに違いない。

メルさんは、私をセフィラードに連れて行きたいようだった。だがそこから先はどうするつもりなのか、正直わからない。

でも自分の考えをしっかりまとめておかないと、いいように流されてしまう。そしてゆっくり考えることができるのは、おそらく今しかない。

窓に近寄ってみると、もう外に人はいなかった。

だが、まだ日は高い。気を失っていたのは、さほど長時間ではないのだろう。

「……メルさんが旅人でなく国王陛下だったことで、何が変わる？」

この世界に初めて来たときと同じように、自分が置かれている状況を一つ一つ確認していく。

少なくとも、生きるか死ぬかの問題ではない。それどころか、メルさんについていけば暮らしは今よりずっと豊かになるだろう。

だが、私が王妃になることはやはりありえないと思う。おそらく愛妾《あいしょう》という立場に置かれる。

――愛妾。馴染《なじ》みのない言葉だが、映画で見たことがある。ヨーロッパの王様が妻以外の女の人を囲っていた。

あちらの世界における愛妾は、主に王様の夜伽《よとぎ》をするための存在だったように思う。だがこちらの世界における愛妾とは、跡継ぎを確実に残すためのシステムだとマグワイア卿が言っていた。つまり愛妾は、王妃に子ができなかったときの保険なのだ。

それを聞いたときは、純粋に腹が立った。女性の権利や意思を完全に無視している。でも実際に当事者としてその立場に置かれようとしている今、ただ恐怖しかなかった。城という豪華な檻《おり》の中で、メルさんが訪れるのを待つだけの人生。

それに愛妾は所詮、日陰の身だ。どこぞの貴族のお姫様が、メルさんの正妃となるのだろう。

マグワイア卿から聞かされた話が、胸を締め付ける。

「王妃と愛妾二人、か……」

女が二人寄れば噂《うわさ》を始め、三人寄れば派閥《はばつ》が生まれる。他の二人は、きっと貴族のお姫様なのだろう。仲良くやっていけそうにない。のけ者にされるのは、きっと私。

そもそも他の女性と、メルさんの愛を分け合うことに耐えられるだろうか。

――無理、絶対嫌。ありえない。

想像するだけで苦しくなる胸を押さえ、よろよろとベッドに腰掛ける。

それにメルさんがセフィラード王だったことで、もう一つ問題が発生した。

愛妾とはいえ国王のそばに侍《はべ》るのだから、当然身元を調べられるはず。私には、身元を証明できるものがないのだ。

この世界にも戸籍みたいなものがあるのだろうかと、ずっと疑問に思っていた。けれど墓穴《ほけつ》を掘ってしまう危険性があったため、今まで誰にも聞けなかったのだ。

「……やっぱり誰かに聞くしかないかな」

聞くとしたら、ジーナさんかヒューゴさん、あるいは村長だろう。

そこまで考えをまとめたところで、「はあ」とため息を漏らした。

メルさんが迎えに来てくれたら、どんなに嬉しくて、楽しくて、幸せな気分になるだろうと思っていた。

もちろん嬉しいけれど、反面、ひどく苦しい。

これで私が十代だったら、若さと勢いで乗り切れたのかもしれない。くよくよ悩むことなく、メルさんの胸に飛び込んで行けただろう。

お姫様になれる！　って、むしろ喜ぶ気もする。

女性なら、誰もが一度はお姫様に憧れるのではないだろうか。綺麗なドレスに豪華なジュエリー。そして白馬の王子様。……私の場合は、黒馬に乗った王様だけど。

それなのに、どうしてこんなにも不安になるのか。

――それは大人になって、現実の厳しさを知ったから……かな？

「これ以上は考えるだけ無駄ね」

私は腰掛けていたベッドから立ち上がり、ドアを見据《みす》えた。

この世界で、メルさんと暮らすと決めたのは私だ。それなのに、ウジウジして我ながら情けない。

悩みは多くてもメルさんが好きだし、一緒にいたいと思うことは変わらない。

「ええい、女は度胸よ！」

頬を両手で挟むように叩いて気合を入れると、ドアを開け、廊下へと一歩踏み出した。

「気が付かれましたか。セイラさん」

その冷たい声は聞き慣れたものだったが、口調はこれまでになく丁寧だった。

振り向くと、やはり陛……いや、ウォーレン卿が立っていた。

予想していたこととはいえ、思わず苦笑いを浮かべてしまう。

「はい、ご迷惑をおかけいたしました」

「いえ、私は何も。セイラさんを部屋にお連れしたのは陛下です。お礼はどうぞ陛下に。あちらでセイラさんをお待ちです。一緒に来ていただけますか？」

避けては通れない。私は覚悟を決めて頷《うなず》いた。

ウォーレン卿の後ろについて、例の角部屋へ向かう。

部屋に入ると、メルさんはカウチに腰掛けていた。マグワイア卿と数名の近衛兵が、壁際に立っている。

「セイラ、もう大丈夫なのか？」

立ち上がって優しく問いかけながら、ゆっくりと近づいてくるメルさん。

「は、い。お手を煩《わずら》わせてしまい、申し訳ございませんでした」

メルさんがセフィラード王だと知ってしまった今、どのような態度を取ればいいのかわからず硬い口調になってしまう。

メルさんは思いっきり顔を顰《しか》めたあと、力いっぱい私を抱きしめた。そして、耳元で囁《ささや》く。

「会いたかった」

「お、お放しください。皆さんが見ています」

慌《あわ》てる私をよそに、メルさんはそのまま話し始めた。

「セイラ、聞いてくれ。ここにいるのは、俺が即位してからずっと苦労を共にしてきた者たちだ。だから、恥ずかしがる必要はない」

「即位……。本当に王様なんですね」

私は先ほどより少しだけくだけた口調で言う。

「ああ。それに関しては、黙っていてすまない」

「いえ……陛下には陛下の事情があるでしょうから、構いません」

「セイラ、俺のことはもう『メル』と呼んでくれないのか？」

「……一介《いっかい》の村娘にすぎない私が、陛下をそうお呼びしてもいいのでしょうか？」

「当然だろう？　セイラは俺の婚約者だ。お前以外に誰が呼んでくれるんだ」

メルさんは私を拘束していた腕を解くと、私の耳朶《みみたぶ》につけられたピアスを愛《いと》おしそうに撫でた。

「あっ!!」

突然声を上げた私を、メルさんは不思議そうに見つめる。

「あ、あの、一つお聞きしてもいいでしょうか？」

「一つと言わず、気になることは全て訊《き》くといい」

「はい……マグワイア卿から、国王陛下は王妃の他に愛妾《あいしょう》を娶《めと》られるとお聞き――」

「マグワイア!!」

私が言い終えるのを待たず、メルさんから鋭い声が飛んだ。

「陛下の許可なく、勝手なことを申しました。申し訳ございません」

マグワイア卿は、深く頭を下げる。

どうやらマグワイア卿が私を試したのは、メルさんの指示ではなかったようだ。

「詳しい話はあとだ……覚えておけ」

「はい」

私が告口《チク》ったせいでマグワイア卿が怒られているみたいで、少し気まずい。だからといって、ここで話をやめるわけにはいかない。私の人生がかかっているのだから。

「すまない、続けてくれ」

「はい。王は愛妾《あいしょう》を含めて三人まで娶《めと》られるけれど、ピアスは王妃としか交換しないと教えていただきました。それと同時に、王妃とは政略結婚されるだろうということも」

私の言葉を聞いたメルさんは射殺すような目をマグワイア卿に向けた。

マグワイア卿は青褪《あおざ》め、顔を引きつらせている。

「なので、いただいた……いえ、お預かりしていたピアスは、きちんとお返しします。……その代わり、何か別の物をいただくことはできませんでしょうか」

このピアスは、王妃となる女性の物。私が持っているべき物ではない。

「返す必要などない。そのピアスはセイラ、お前が持っていろ」

「でも」

「前にした約束を覚えているか？　今度会うときは、お前がピアスをくれると言っていただろう?」

「……ピアスの交換は、できません」

王の結婚は、国勢を左右する一大事だ。ただの村娘が王妃になるなどありえない。そんなことになれば、きっと批判も多いだろう。メルさんをその矢面《やおもて》に立たせるわけにはいかない。

メルさんは大きなため息をつくと、私の手を取り自分の横に座らせた。

「セイラは、俺のことをどう思っている?」

「どうって言われても……」

「セフィラード王でない、ただの男としてどう思う？」

「その質問の仕方は、ズルいです……」

「俺はお前を王妃にしたい。そのためにブランシャールの王太子に手を貸したんだ」

耳を疑うような言葉に、唖然とする。

口を開いて固まった私を見て、メルさんはくすりと笑った。

「詳しいことはまだ言えない。だが、必ずお前を立后《りっこう》させる」

思ってもみなかった展開になり、焦ってしまう。

村娘の私が、王妃になるだなんて……。第一、私に務まるはずがない。責任と重圧は、愛妾の比ではないだろう。

「そんな無茶な……わ、私、ただの村娘ですよ？」

思わずしどろもどろになる私。

メルさんは少し困ったように言う。

「俺はセイラ以外の女を娶るつもりはない。王妃になってくれなければ困るんだ」

「私……だけ？」

「ああ。俺が望むのは、これまでも、そしてこれからも、お前だけだ。だから、王妃になってくれ」

何という口説《くど》き文句だろう。

どんな美女でも手に入れられるだろう人が、平凡な村娘である私だけを望んでくれているのだ。

――私、メルさんの愛を独り占めしていいの……？

メルさんは急《せ》かすことなく、私の答えを待っていてくれている。

私は自分を奮《ふる》い立たせるため、何度も心の中で大丈夫と呪文みたいに唱え続けた。

そしてようやく決心がつくと、愛《いと》しい彼の目をひたと見据《みす》える。

「王であっても、王でなくとも愛しています。不束者《ふつつかもの》ですが、よろしくお願いします」

三つ指ついて……とまではさすがにいかなかったが、深々と頭を下げて言った。

頭を上げると同時に、抱きしめられた。

「お前は、俺が必ず守る」

少し掠《かす》れた声で囁《ささや》くメルさんの腕に、力がこもる。

安堵のためか歓喜のためかわからないが、私の頬に温かい涙が幾筋も流れた。

やがて少し落ち着いたところで、これまでずっと気になっていたことを口にする。

「あの……メルさんって何歳なんですか？」

「……三十一だが？　それがどうした？」

「誕生日は？　兄弟は？　家は……お城ですよね。それから、えーと――」

「落ち着け、セイラ。一体どうしたんだ？」

せきを切ったように質問攻めを始めた私を、慌《あわ》てて止めるメルさん。

「だって婚約者なのに、私メルさんのこと、何も知らなくて……」

そう言うと、メルさんが笑いながら慰《なぐさ》めてくれる。

「そんなに気落ちするな。これからはずっと一緒なんだ。話なんていくらでもできるだろう」

「そうですけど……」

「俺だって、セイラのことを何も聞かされていないんだがな」

口の端を吊り上げたメルさんを見て、しまったと青褪《あおざ》めた。

――馬鹿だ。相手のことを聞いたら、自分のことも聞かれるに決まっている……

どうしたものかと考えていたとき、丁度いいタイミングで横槍が入る。

「陛下。そろそろセイラさんを、いえ、セイラ様をお放しになってください。今後について、お話ししておくべきことがまだあるはずです」

冷静な声でメルさんの行動を諫《いさ》めたのは、ウォーレン卿だ。

「そうですよ、陛下。セイラちゃん……いえ、セイラ様のためにもきちんと話しておかないと」

メルさんに睨《にら》まれ、慌てて私の呼び名を直したマグワイア卿も続く。

どうやら告口《チク》ったことを根にもたれてはいないようなので安心した。

とはいえ、私はこの二人がしたことを完全に許したわけではない。

ウォーレン卿はメルさんが帰ってくる直前に謝罪してくれた。けれどもそれは形式的なもので、本当に悪いと思っているわけではないのだ。

——全てはメルさんのため。国のため。

そのためなら、自分は泥を被ることも厭《いと》わない。メルさんにとっては、とても頼りになるだろう二人。でも私には、まだ彼らとの間に信頼できるほどの絆《きずな》はなかった。

しかし自分たちの行動について弁解しないところは潔《いさぎよ》いと思う。

だから表面上は、これまでと変わらない態度をとる。

「今後、私はどうなるんですか？」

「本当は今すぐにでも立后《りっこう》させたいが、口煩《くちうるさ》い者も多いからな。今、準備をしているところだ。王妃となるまでは、髪を下ろしてそのピアスを隠しておけ」

「……外さなくてもいいんですね？」

このピアスはメルさんの真実の愛の証《あかし》。私の心の支えだ。できる限り外したくない。

「ああ。ただ、見られないように気をつけろよ。そのピアスの意匠《いしょう》は、代々セフィラード王が王妃に贈るものだ。王の瞳の色によって、石の色は変わるがな」

――つまりピアスを見られたら、一発で王妃候補だとバレるということ。

神妙な面持ちで頷《うなず》いた私を見て、「それから」とメルさんが付け加える。

「準備が整うまで、素性《すじょう》は伏せたまま城に滞在してもらうことになる」

「わかりました」

とは言ったものの、一時的に素性を伏せても意味がないんじゃないだろうか。

いざ結婚、という段になって村娘ということがバレたら、反対する者が多いだろう。

いや、そもそも賛成する者なんているのか？

一番手っ取り早い打開策は、私が貴族と養子縁組をして、貴族の姫として嫁ぐとか？

どうやって貴族の協力を得るかが問題だけど。

「どうした？」

「ううん……なんでもない、です」

黙ってしまった私にメルさんが声をかけてくれたが、首を横に振ってごまかした。

きっとメルさんは、何か策を講じているはずだ。

笑みを浮かべて、話題を逸《そ》らす。

「村から出るの、初めてなんです」

「それなら時間を見つけて、俺が案内してやろう」

勘のいいメルさんのことだ、私の不安に気付いているだろうに話題に乗ってくれた。

「本当ですか？　楽しみにしてますね」

「ああ、任せておけ。それと言い忘れていたが、セイラは俺が城に連れて帰る初めての女だ。何も説明しなくとも、城の者たちからは『そういった目』で見られるだろうが……大丈夫か？」

そんな些細《ささい》なことも気遣ってくれるメルさん。ならば、私もそれに応えなければ。

「大丈夫です。私そんなに弱くありませんから。女の人は、男の人よりも強くなれるときがあるんですよ？」

笑いながらメルさんを見上げる。

「……わかった。何かあったらすぐに言うんだぞ。貴族とはあまり接触しないよう配慮するが、もし何か言われても、相手をしなくていいからな」

「え？　でも、それじゃあ余計に事態が悪化しませんか？」

「下手に受け答えをする方がまずい。あいつらは粗探《あらさが》しだけは上手いからな。すまないが、いつもの笑い方で切り抜けてくれ」

「いつもの笑い方……ですか？」

私って、そんなにいつでもニヤニヤしてたかな？　と疑問に思う。

「自覚していないのか。店で客の相手をしているとき、いつも微笑んでいるだろう。あれのことだ」

――営業スマイルか。

確かにあれは本心がわかりにくいと言うし、いいかもしれない。

「わかりました」

そう頷いたあと、私は一旦ここを離れることにした。

メルさんは残念そうだったが、まだ確認しておかなければならないことが残っている。

「またあとで」とメルさんに声をかけ、一人部屋を出た。

階段を下りて食堂に向かうと、たくさんの兵士がいた。

先程ヒューゴさんが作っていた大量の料理を、皆嬉しそうに食べている。

ジーナさんを見つけたが、とても忙しいみたいだ。

「ジーナさん、手伝います」

「いいよ、それよりもう大丈夫なのかい？」

心配そうな顔で、ジーナさんが尋《たず》ねてくる。

厨房《ちゅうぼう》で調理しているヒューゴさんも、チラチラと私を見ていた。

「はい、もうすっかり……それじゃ、少し外に出てきてもいいですか？」

このまま私が食堂にいたら、心配性な二人の邪魔になる気がした。

「仕方がない、村長に聞きに行くか」

食堂を出て村長の家に向かっていると、村の皆の視線を感じた。

だが、誰も声をかけてこない。私の婚約者であるメルさんがセフィラード王だと知って、どう接していいのかわからないのだろう。

腫《は》れ物に触るような皆の態度に、少し傷つく。

「セ、セイラ！」

足早に通り過ぎようとしたそのとき、少し上擦《うわず》った声で呼び止められた。

声をかけてきたのは、普段からよく話をする村の青年だった。

「良かったな。あの人、ちゃんと迎えに来てくれたな。しかし国王様だったなんて、さすがはセイラだな」

冗談めかした言葉とは裏腹に、彼の表情は硬い。

理由はわかっている……彼は、以前私にピアスをくれようとしたことがある。

思えば私が薪《まき》割りや水汲みなど慣れない力仕事をしているときは、いつもさりげなく手を貸してくれた。

お礼を言うと真っ赤になって、「これくらい、何でもないさ」と優しく笑っていた。

——今ならわかる、あのピアスの意味が。彼の優しさの意味が。

「ありがとう。いつも私が困ってるときに助けてくれてありがとう。……それと、ごめんなさい」

そう言うと、青年は少し困ったような笑みを浮かべた。

「いや、大したことはしてないから。もし何か嫌なことがあったら、いつでも戻ってこいよ。ここが、この村がセイラの故郷《ふるさと》なんだからな！」

——自分を振った相手に、どうしてここまで優しくできるのだろう？

涙が溢《あふ》れそうになったので俯《うつむ》いて顔を隠したが、無駄だった。

乾いた地面にパタリ、パタリと涙が落ち、染みが広がっていく。

「セイラ、泣くんじゃないよ」

「セイラお姉ちゃん、この村のこと忘れないでね」

「俺、セイラ姉ちゃんのこと、好きだったのに……」

「幸せにおなり。セイラはこの村の娘じゃからの」

それまで遠巻きに見ていた村の人たちが、私を慰《なぐさ》めようと近づいてきた。優しい言葉をかけられ、涙はますます止まらなくなってしまう。

ぐすぐすと鼻を啜《すす》りながら、必死に笑顔を作った。

今まで家族同然だった私が急に遠くなってしまった気がして、皆も戸惑っていたのだろう。声をかけるのにも、勇気がいったのだと思う。

国王とはそれくらい、庶民とは縁遠い存在なのだ。

——私から声をかければ良かった。

こうして皆に気を使わせ、慰めてもらっている自分が恥ずかしい。

でもこの村で良かった。この世界で出会えたのが、この村の人たちで良かった。

「あ、りが、とうっ」

泣きながら必死にお礼を言おうとするが、上手に言えない。

「家族が泣いていたら、慰めるのは当然だよ」

「セイラ姉ちゃん、大人のくせに泣き虫だなあ」

どうやら気持ちは十分伝わっていたようだ。

皆から思い思いに慰められ、何とか涙を止めた私は改めてお礼を言う。

「ありがとう。みんな、ありがとう。この村に来て、良かった……」

「おやおや、それじゃまるで今日村を出て行くみたいじゃないか。まだお別れの挨拶《あいさつ》は早いよ。もうしばらくはここにいるんだろうに……」

そう言いながら近所のおばさんが優しく頭を撫でてくれたので、私は再び泣いてしまったのだった。

9　旅立ち

村の一番奥にある村長の家は、この村で一番大きい建物だ。

入り口に立ち、コンコンとノックをするとすぐにドアが開いた。

「まあセイラさん。先程は急に倒れられたのでびっくりしたわ。お身体の調子はいかが？　さあさあ、お入りになって」

村長夫人に勧《すす》められるまま、客間に入る。

「もう大丈夫です、ご心配をおかけしました」

それならよかったわと微笑みながら、夫人がお茶の用意を始める。カチャカチャと茶器の音が鳴る室内に、村長がゆっくりと入ってきた。

村長は少し疲れたような顔でソファーに腰かけ、私にも座るよう促《うなが》す。私はその向かいに腰かけた。

夫人は私たちに紅茶を出すと、部屋から出ていった。

村長と二人きりになった私は、戸籍の話をどう切り出そうか考えながら「いただきます」と言って紅茶に手を伸ばす。

村長も黙ったまま、紅茶を一口、また一口と飲んでいる。

「あの……お話があって来ました」

「わかっておる。あれから入れ代わり立ち代わり人がやって来ては、陛下のことを聞いてくるのでな」

村長は「ふう」と息を吐く。

「いえ、メル……陛下のことではないんです」

そう伝えると、村長は白い眉毛を器用に動かし、『おやっ?』という表情を浮かべた。

「てっきりセイラも、そのことを聞きに来たのかと思ったんじゃが」

「いえ、村長。教えて欲しいことがあるんです。この国では、国民の身分や出自を記録しているんでしょうか」

この三年ずっと考えていたけれど、決して口にはしなかった言葉。

それをついに言ってしまった。

ゴクリと唾を呑み込む。

村長の返答如何《いかん》によっては、メルさんとの未来が危うくなる。どうか、ありませんように……と、祈りながら村長の答えを待つ。

村長は、少し考えてから答えた。

「ああ、この国では『教区簿《きょうくぼ》』というものに記録しておるぞ」

その言葉を聞いて、私は血の気が引いた。

――こちらの世界にも、戸籍のようなものがあるようだ。

「大丈夫かの？」

明らかに顔色を変えた私を見て、村長が心配そうに聞いてくる。

「あの……『教区簿』とは、どういった内容を記録しているんですか？」

ふむ、と少し間を置いたあと村長は首を傾げながら答える。

「名前、生年月日、既婚か未婚か、あとは生死ぐらいだったかのお。教会主《きょうかいしゅ》様が管理していてな、ワシも中を詳しく見たことがないので正確なことは言えんのじゃよ」

それを聞いて、希望が湧いてきた。

教会主《きょうかいしゅ》というのは、向こうの世界で言うところの神父だ。教会が管理しているものなら、異教徒だからとか言って記録がないことをごまかせるのでは？

しかし異教徒だと言ったら、迫害されたりするかもしれない。

そう思い、曖昧な聞き方をしてみた。

「私、異国の出身なので、この国の『教区簿《きょうくぼ》』に記載されてないと思うんですけど……どうしたらいいんでしょうか」

「そうじゃなあ。無理に『教区簿』に登録する必要はないと思うがの。昔は信徒の証《あかし》と見なされ、登録されていない者に対して厳しい声もあったようじゃが、今では形式的なものにすぎないからの」

その言葉を聞いて、身体から急に力が抜けた。

「それでもセフィラードの城に行くなら、『教区簿』に登録しておいた方がいいでしょうか？」

「隣国の事情となるとワシにも詳しいことはわからんのじゃ。心配なら、陛下に聞いてみてはどうじゃ？」

メルさんに聞くのが早いことは、私だってわかっている。

だがメルさんにこんな質問をしたら、感づかれてしまうのではないかと心配なのだ。

――私が異世界人だということに。

「何か事情があるようじゃの。大陸一の強国であるセフィラードじゃが、その歴史は浅い。我々の住むブランシャールの半分もないのじゃ。古き伝統を重んじるこの国であってもこんな状態じゃからな。おそらくは登録していようがしていまいが、問題ないと思うぞ。あくまでワシの考えじゃが」

フォフォフォッと特徴のある笑い声を上げながら、冷めた紅茶をズズッと啜《すす》る村長。

私は「ありがとうございました」と言って村長の家を出た。

最大の悩みが解決の兆《きざ》しをみせたので、私の足取りは軽かった。

宿に戻ると、先程まで混み合っていた食堂は閑散としていた。兵士たちは食事を終えて野営地に戻ったのだろう。

厨房《ちゅうぼう》の中で、ジーナさんとヒューゴさんがカップを片手に休憩しているのが見えた。

「ただいま」と声をかけたのだが、いつものような返事がない。

お客さんが多かったから、疲れたのかな？　食器くらい私が洗おう。

そう思って厨房に向かう。

「ジーナさん、大丈夫？　やっぱり私も手伝……うよ……」

ハッとした表情の二人がこちらを向く。振り返ったジーナさんの目はひどく赤い。

「ジーナ、さん……？」

「おかえり、セイラ。……恥ずかしいところを見られちゃったねえ」

明らかな作り笑いを浮かべたジーナさん。その声はだんだんと小さくなり、言い終えると黙り込んでしまう。

そんなジーナさんの肩を、ヒューゴさんが慰《なぐさ》めるように優しく叩いた。

「すまないな、セイラ」

俯《うつむ》いて肩を震わせているジーナさんを、ヒューゴさんが抱き寄せる。

いつも明るくて元気いっぱいのジーナさんが泣いている姿を見て、胸が痛んだ。

「どうしたの？　何があったの？」

その問いに答えたのはジーナさんではなく、ヒューゴさんだった。

「辛いんだよ」

「辛い？」

私が聞き返すと、ヒューゴさんは苦痛を堪《こら》えるように顔を歪《ゆが》めた。

「ああ。……少し待っててくれるか」

そう言って、未だ泣き止まないジーナさんを夫婦の寝室へと連れていく。

戻ってきたときは、ヒューゴさん一人だった。

「すまないな。あいつはセイラのことを、娘みたいに思っていたからな。別れが辛いんだよ。……まあ、俺もだけどな」

ヒューゴさんはクシャリと笑い、少し乱暴に私の頭を撫でる。

「娘……」

「ああ、セイラにも本当の親御さんがいるだろうが、ここでは俺たちが親代わりだったろう？　俺たちにも、娘がいてなあ。もう死んじまったんだが、生きてりゃセイラより少し上かな。身代わりってわけじゃねえんだが、お前を見てると、どうしても死んだ娘を思い出してしまってな。何年か一緒に暮らすうちに、本当の娘のような気がしていたんだよ」

照れくさいのだろう、右手で額に落ちている前髪を撫でつけながら話すヒューゴさん。

「娘さんが……」

舌が、上手く動かせない。

ヒューゴさんたちに、そんな過去があったなんて思いもよらなかった。

――いや、違う。自分のことで手一杯だったから、気付かないふりをしていた。思い当たる節がいくつもあるではないか。

いくら親切な人だからって、見ず知らずの他人にここまで世話を焼いてくれるなんてことはなかなかない。私にくれたたくさんの洋服だって、新品ではなかった。……ジーナさんとはサイズが違うので村の人たちのお下がりかと思っていたが、おそらく娘さんの物だったのだろう。

当初は話すことすらできなかった私の面倒を、嫌な顔ひとつせずに見てくれた二人。そんな彼らを置いて、セフィラードに行ってもいいのだろうか？

先程のジーナさんの泣き顔が、ヒューゴさんの辛そうな笑顔が、私の胸を抉《えぐ》る。

二人を、これ以上悲しませたくない。

「セイラ、あの人と一緒に行け。間違っても、ここに残ろうなんて考えるんじゃないぞ」

まるで私の心を見透かしたような言葉に、ハッと顔を上げる。

「お前のことだ。俺やジーナに遠慮して、ここに残るとか言い出しそうだからな。とにかく、お前は俺たちにとって娘同然だ。まあ、俺たちが親だなんて嫌かもしれないが――」

「嫌だなんて!!」

慌《あわ》ててそう返すと、ヒューゴさんは嬉しそうに笑う。

「ありがとな。娘の幸せを願わない親なんていないだろう？　ジーナもさっきは泣いていたが、すごく喜んでいたんだぞ。ただ、どうしても寂しくてしょうがないみたいでな……」

ヒューゴさん自身も、その気持ちがわかるのだろう、表情が少し暗い。

それを直視できなくて、私は俯《うつむ》いてしまう。

「なあに、すぐに元のあいつに戻るさ、あいつもお前の前で泣くつもりはなかったんだ。ごめんな」

そう言って頭をポンポンと撫でられたが、返す言葉が見つからなかった。

するとヒューゴさんは、大きな身体を丸めるようにして私の顔を覗《のぞ》き込んでくる。

「セイラ！　俺を見ろ！」

強く呼びかけられ、のろのろと顔を上げる。

「いいか、余計なことは考えるな」

「余計な……こと？」

「そうだ。セイラはあの人が好きなんだろう？」

私はゆっくりと、だが大きく頷《うなず》く。

「彼がセフィラードの国王陛下だと聞いて驚いただろうが、それでも彼と一緒にいたいと思うんだろう？」

「……はい」

「なら、彼と一緒にセフィラードに行くべきだ。大変なことも、辛いことも、たくさんあるだろう。だけどなセイラ。ここに来たばかりの頃を思い出してみろ」

昔を懐かしむように言うヒューゴさん。

「言葉も話せない、薪《まき》も割れない、水も汲めない。火も起こせない。そんなセイラが、今では一人でも暮らしていけるほどに成長した。頑張り屋のセイラなら、きっと乗り越えられるはずさ。どうしても耐えられなくなったときは、ここに帰ってきたらいい。俺もジーナも、いつでもお前の帰りを待っている。だから俺たちに遠慮することはないんだ。いいな、セイラ」

「ヒューゴさん……。あり、が、とうっ」

号泣する私を、ヒューゴさんは優しく抱きしめてくれる。

そのとき、厨房《ちゅうぼう》の奥のドアがバアンと大きな音を立てて開いた。ジーナさんだった。

「セイラッ！」

ジーナさんはこちらに走ってくると、ヒューゴさんから私を引き剥《は》がして力強く抱きしめる。

「セイラ、私の可愛い娘。幸せになるんだよ！　……全く、私が言おうと思ってたことをほとんどヒューゴに言われちまったよ」

そう言いながら、そっと私から離れるジーナさん。

「あんたは、いつもしゃべらないくせに……」

ヒューゴさんの脇腹を肘《ひじ》でつつきながらからかうジーナさんは、満面に笑みを浮かべている。

まだ少し目や鼻が赤いが、いつものジーナさんに戻ったようなので、私は胸を撫で下ろした。

「娘のこと、黙っててすまないね。身代わりみたいで嫌がるかと思ってさ」

私は首を横に振る。

「この地で、こんなに素敵なお父さんとお母さんができるなんて、思いませんでした」

「嬉しいことを言ってくれるねえ。メルさんに愛想が尽きたら、いつでもここに帰ってくるんだよ」

ジーナさんはそう言って、再度私を力強く抱きしめた。

「セイラも今日は疲れただろう。部屋でゆっくりしな、荷造りもしないといけないだろうしね」

二人は、とても晴れやかな顔をしていた。

第二章　セフィラード編

ドアを叩くコンコンコンという音で目が覚めた。

——しまった、寝過ごした！　早く食堂の準備をしないと、お客さんが来ちゃ……

ベッドから跳ね起きると、未だ見慣れない部屋が目に飛び込んできた。

「あ、そっか。ここお城だったっけ……」

豪華な刺繍《ししゅう》の入ったソファーに、可愛らしい猫脚のテーブルセット。壁に掛けてある風景画は、一体いくらするのだろうか。考えただけで恐ろしい。

寝ているベッドも信じられないくらいふかふかしていて、木と金属の枠には凝《こ》った彫刻が施《ほどこ》されている。

完全に場違いな私がこの城に着いたのは、十日程前のこと。

ここはセフィラードの王都アルヴィナにある、メルさんのお城だ。

とんがり屋根の塔をいくつももつ、大きな白亜の建物。澄んだ湖のほとりに建っているのだが、アーチ状の橋を渡すことで、一部は湖の上に迫《せ》り出している。

初めて城を目にしたときは、その堂々たる優美な姿にただ見惚《みと》れるだけだった。

そんな私は今、女性なら一度は憧れるであろう『お城ライフ』を送っている。

再度コンコンと控えめにノックされたので、慌《あわ》ててどうぞと声をかけた。

「失礼いたします」

落ち着いた声が聞こえ、ドアがゆっくりと開く。

華やかなドレス姿の侍女二名と、お仕着せ姿のメイド四名が部屋に入ってくる。

「おはようございます、セイラ様」

メイドの一人が、お湯が入ったボウルをベッドサイドのテーブルに置いてくれた。

私は彼女らに促《うなが》されるまま顔を洗い、水気をタオルで拭《ぬぐ》う。

「とても良いお天気でございますわ。お庭に行かれてはいかがでしょう？」

朗《ほが》らかな笑顔でそう提案したのは、私付きの侍女であるローリ・ソマーズ子爵令嬢だ。

茶色の髪と瞳をもつ、たおやかな印象の女性。

彼女の後ろにはもう一人の侍女、イヴ・マーレイ男爵令嬢がいて、二着のドレスを手にしている。男爵令嬢であるイヴは黒髪に茶色の瞳の生真面目な女性だ。無駄口をきかず、常にローリの後ろにそっと控えている。

その彼女が手にしているのは、サーモンピンクの可憐なドレスと、セルリアンブルーの大人っぽいドレス。

「お召し物は、どちらになさいますか？」

はっきり言って、砂糖菓子のように甘ったるいサーモンピンクのドレスを着こなす自信はない。

私は迷わず「青いドレスにするわ」と答えた。

毎日系統の全く違うドレスを選んで持ってくるのは、私の好みを把握するためなのだろう。

だから、私は自分の好みをはっきり告げるようにしていた。

「あんまり可愛らしすぎるデザインのドレスは苦手なの。その色は嫌いじゃないんだけれど」

「かしこまりました」

イヴとローリは、二人がかりでドレスを着つけてくれる。そのあとドレッサーの前で丁寧に髪を梳《す》いてもらい、軽く化粧をしてもらったらでき上がり。

そんなお姫様ライフを満喫中なのである。

メイドたちはカーテンを開け、ベッドを整え、部屋の至るところを磨《みが》き上げていく。

十分も経たぬうちに仕事を終えたメイドたちは、シーツや夜着といった洗濯物を手に、静かに退室していった。

　毎日見ているけれど、あまりの手際の良さに思わず感心してしまう。

　……私も村の宿屋で似たような仕事をしてたけど、倍は時間がかかってたな。仕事も丁寧だよねえ。ベッドのシーツなんか、しわひとつないもんね、うーん、仕事って奥が深い。

「セイラ様、お支度が整いました。先程も申し上げましたが、今日は本当に良いお天気ですわ。お庭に出られてはいかがでしょう。それとも陛下にお願いして、湖で舟遊びでもいたしましょうか？」

　そう言って外出を勧《すす》めてくるのはローリ。

「今は、モルガナの花も見頃を迎えております」

　その言葉からして、イヴも外出に賛成らしい。

　十日前にセフィラード城に着き、翌日、メルさんから彼女たちを紹介された。それ以来、とても親身にお世話してもらっている。

　メルさんの後ろ盾はあっても婚約の事実は伏せてあるので、私はただの一庶民にすぎない。

　それなのになぜ貴族のお姫様である二人が、このように甲斐甲斐しく世話を焼いてくれるのか。

実は、こんな経緯があった――

1　幸せなひととき

メルさんが迎えに来てから、わずか四日で私は村を去ることになった。

とはいえメルさんたちは村でやるべきことは特になかったようだ。本当ならすぐにでも村を出られたはずなのに、きっと私の気持ちに整理がつくのを待っていてくれてたんだと思う。

前日までさんざん泣いたおかげか、出立《しゅったつ》当日は見送りをしてくれた村の人たちと笑顔でお別れすることができた。

セフィラードの王都へは、ブランシャールの旧大公領である、北部を経由して行くことになった。

村から直接山を越えれば半分以下の日数で着くのに、険《けわ》しい山を登ることで私に無理をさせたくないと、メルさんが配慮してくれたのだ。

さらにメルさんは自国に入るなり、近衛隊の幹部十数名だけを残し、他の人間は先に王都に帰らせた。

それも、村を出るのが初めてだった私のため。約束どおり、国王であるメルさん直々《じきじき》に、国を案内してくれたのだ。

セフィラードはさすが大国なだけあって、大きな街が地方にもたくさんあった。

初めて立ち寄ったのは王都の北、馬で二週間ほどかかるところに位置する北部最大の街だった。

ずっと村にいた私はその街を見て、若い人が都会に憧れる気持ちがわかるなあと一人納得した。

立ち並ぶ家々はどれも立派なレンガ造りで、三階建ての家もある。お店や露店《ろてん》もたくさんあって、見たこともない品物が並んでいた。

女子の多くがそうであるように、私も買い物が大好きだ。きっと目がキラキラしていたに違いない。

「疲れたな、少し休憩するか」

そう言って、メルさんが馬を止めてくれた。

「うわあ！　綺麗!!」

感嘆の声を上げながら、露店を覗《のぞ》いて回る。

赤、青、緑、黄、紫……他にもたくさんの色の品々が陳列されていた。

その中に蒼《あお》い紐《ひも》を見つけ、思わず手に取った。

――メルさんの瞳と同じ色だ。

「髪紐だな。欲しいのか？」

そのメルさんの言葉を耳ざとく聞きつけた店主が、愛想良く声をかけてきた。

「いらっしゃい、お兄さん。彼女に買ってあげたらどうだい？」

「いくらだ？」

「今お嬢さんが手に取ってるのは三デリだよ。俺のおすすめは、こっちの石がついてるタイプだけどね。これは二十デリだ。特にこの蒼色は、滅多に出ない良い色だよ」

そう言って、店主は蒼い飾り石がついた髪紐をメルさんに示す。

メルさんは懐《ふところ》から十デリ硬貨を数枚出すと、私に言った。

「どれでも好きなものを選べ」

「え、いいんですか？」

別に買ってもらおうなどとは思っていなかったけれど、嬉しくなる。

――なんか、デートみたい。

「これが欲しいです」

迷わず差し出したのは、手に持っている蒼い髪紐。

メルさんは笑みを浮かべて、私の耳元で「俺の色だな」と囁《ささや》いた。

……バレバレだったようで、少々恥ずかしい。

「お兄さんの瞳の色を選ぶとは、アツアツだねえ」

店の主人にもはやし立てられ、頬が火照《ほて》った。

「じゃあ、それと先程の石がついている物、両方くれ」

「まいど！　よかったねえお嬢さん、彼氏が太っ腹で。じゃあ、この薄紅色の髪紐をおまけしとくよ。髪が黒いから、こんな色もよく映《は》えると思うよ。気に入ったら、また買いに来ておくれ。はいよ兄さん、二十三デリだ」

店主は慣れた手つきで三本の髪紐を紙袋に入れ、メルさんに渡す。

支払いを済ませてその店を後にすると、メルさんは買った物をポイと投げて寄越した。

「城ではしばらくの間、髪を結えないから使えないな。使っているのを見るときが楽しみだ」

私の毛先を触りながら、微笑むメルさん。

「そうですね、髪を結ったら一番にお見せしますね」

「ああ。他に見たいところはないか？」

そう尋《たず》ねられ、どうしようかな……と辺りを見回すと、行列ができている屋台が目に入った。

「メルさん、あそこに並びましょう」

丁度お腹が空《す》いていた私は、メルさんの腕をつかんでグイグイ引っ張る。

メルさんは少し躊躇《ちゅうちょ》したが、私に腕を引かれるままついて来る。

屋台に近づくにつれ、甘く濃厚な香りが漂《ただよ》う。お客さんは、十人くらい並んでいた。

「スクレの屋台だな」

「スクレ……ですか？」

「知らないで並んだのか？」

「行列に弱くって……」

私の返答に、メルさんは少し呆れた様子だ。

「スクレは焼き菓子の一種だ。木の実やドライフルーツが入ったケーキ地を何層も重ねて焼き上げる。好みでシロップをかけて食べるんだが、歯が溶けそうな程に甘い。最近では生地自体に、味が付いているものもあるな」

メルさんが意外と詳しいことに驚きつつ、想像してみる。――バウムクーヘン？

列の進みが早く、あっという間に私たちの番になった。色々種類があって迷ったが、店主のおすすめを一つと一番人気のものを一つ買って店を出た。

比較的人通りが少ない場所に移動し、二人で仲良く食べ始める。

まだ温かいスクレを、私は一口かじった。甘いシロップが染み込んだ生地はしっとりしていて、口に入れた瞬間、舌の上でとろける。

「うわっ、美味《おい》しい!!　想像してたのより、ずっと美味しいです!!」

ナッツのコリコリとした食感とほろ苦さも絶妙なアクセントになっていて、さすが人気店！　と納得させられた。

「メルさん、お菓子に詳しいんですね」

私はスクレを頬張《ほおば》りながら、先程思ったことを口にした。

だがいくら待っても返事がないので、ふと横を見る。するとメルさんは無表情のまま固まっていた。少し耳が赤い。

——え、なんかまずいこと言った？

私も動きを止め、二人して固まったまま見つめ合うこと数秒。

やがてメルさんは咳払《せきばら》いをしてから、口を開いた。

「……甘いものは好きだ」

「えっ」

思わず驚きの声を上げると、ギロリと睨《にら》まれてしまい、慌《あわ》てて取り繕う。

「メ、メルさん、甘いもの好きなんですねー、へー。美味しいですもんね、お菓子とか……」

予想外だ。コーヒーはブラック、ケーキよりもさきいかってタイプかと……コーヒーもさきいかも、この世界にはないけど。

「似合わないと言いたいんだろう?」

メルさんが少し拗《す》ねたような顔で言ったので、思わず噴き出しそうになる。

可愛い! 可愛すぎる! どうしよう、餌付《えづ》けしたくなる可愛さだよ!

普段のふてぶてしさからは想像もできないこの姿……これがギャップ萌えってやつ!?

言ったら怒るんだろうなー、と思いつつ一人で悶《もだ》えていると、食べかけのスクレをヒョイと取り上げられてしまった。

「お前のも半分寄越せ」

「ああっ、私の――」

慌てて取り返そうとしたら、メルさんが食べていたスクレを口に放り込まれる。

「こっちも美味《うま》いから、食べてみろ」

言われるまま咀嚼《そしゃく》すると、先程とは違う美味《おい》しさが口いっぱいに広がった。

「あ、これも美味しい！」

「だろう？」

メルさんは指についたシロップをペロリと舐めながら笑う。

「でも甘いものが好きなのに、なんでお店に並ぶとき躊躇《ためら》ったんですか？　並ぶのが嫌だったんですか？」

私の素朴な疑問に、メルさんはボソリと呟《つぶや》くように答えた。

「……だから、似合わないんだよ」

「は？」

思わず呆けた顔で見つめたら、メルさんは不機嫌そうに理由を話してくれた。

「俺みたいな野郎が甘味《かんみ》の屋台に並ぶと、悪目立ちするだろう……だから、普段は人に買いに行かせている」

言い終えると、盛大なため息をつくメルさん。

確かにワイルド系美男子が一人でお菓子の行列に並ぶのは、シュールで笑いを誘うかもしれない。

想像して思わず笑いそうになったが、慌てて表情を引きしめた。口元がぷるぷるしているのは大目に見ていただきたい。

「じゃあ、これからは私が買いに行ってあげますね。それか、今日みたいに二人で並べば別に目立ったりしませんよ」

私はニッコリ笑って言う。するとメルさんも満足したように微笑んで、「そうだな」と言った。

そしてメルさんは、ヒラリと馬に跨《また》がる。

「セイラ、来い」

差し出された手に自分の手を重ね、引き上げてもらう。

私は乗馬などできないので、村を出てからずっとメルさんと二人乗りだ。身体が密着するので初めは緊張したが、今ではすっかり慣れてしまった。

「そろそろ次の街に向かうか」

片手で器用に手綱《たづな》を扱いながら、メルさんが言う。私は頷《うなず》き、街を後にした。


王都アルヴィナに到着したのは、村を出て三十五日目のことだ。初めは旅行気分でウキウキしていたが、城に近づくにつれ緊張が高まってきた。

だが王都を目にしたとき、驚きのあまり緊張を忘れてしまった。

王都はこれまでに立ち寄ったどの街より、ずっと大きく、美しかった。とてもじゃないが、一日や二日で回ることはできないだろう。行き交う人々も皆、垢抜《あかぬ》けているような気がする。

まさに、王都の名に相応《ふさわ》しい街だった。

「うわあ!!」

思わず感嘆の声を漏らして、ポカンと口を開けた私。……完全におのぼりさんだ。

街に入るなり私とメルさんを取り囲む近衛兵の輪が狭《せば》まったので、視界が悪い。

私は興奮し、馬上から身を乗り出すようにして辺りを見渡した。

「セイラ、気持ちはわかるが少し落ち着け。ここから先にはお前の足を引っ張ろうとする者もいるんだ。今度時間を見つけて案内してやるから、堂々としていてくれ」

メルさんに諭《さと》され、私は恥ずかしくなった。

確かに王が連れ帰った女がこんなんじゃ、格好つかないよね。観光で来たんじゃないのに、私ったら……

「ごめんなさい」

私は素直に謝り、身をよじったことで少し着崩れたドレスの胸元を引っ張り上げた。

寄せて上げて作られた私の胸は、いつになくボリューミーだ。それでも、まだこの世界ではだいぶ貧相だが。

「そもそもドレスって、日本人には似合わないんだよねえ」

自分を慰《なぐさ》めるように、そう小さく呟《つぶや》く。

撫で肩や薄い胸は着物には丁度いいが、ドレスには適さない。こちらの世界の人に比べて華奢《きゃしゃ》なのでコルセットを着けずに済んでいることについては、日本人で良かったと思うけれど。

……あんな苦しそうなものを、日常的に身につけるなんて勘弁だよ。

私が今着ているのは、とても豪奢《ごうしゃ》なドレス。昨夜宿屋でメルさんから、「明日はこれを着てくれ」と手渡された。

村を出てからというもの、毎日ドレスを着せられている。だがこのドレスがこれまでに着ていたどのドレスよりも贅沢なつくりであることは、異世界人の私でさえ一目でわかった。

昨日までのドレスは、馬に乗ることを想定した軽くて丈夫な物ばかりだった。対して今着ているドレスはやたら重くて、着ているだけでひどく疲れる。

今朝初めて身につけたとき、あまりの着心地の悪さに表情をこわばらせてしまった。

「どうした？　サイズは合っていると思うんだが……まさか、この旅の間に太ったんじゃないだろうな？」

からかうような笑顔を向けてくるメルさん。

「なっ、違いますよ!!　それに女性にそんなこと言っちゃだめです！　まったく……」

冗談だとわかっていても、そういう話題には敏感に反応してしまう。

「ま、セイラはもう少し身体にボリュームがあってもいいと思うんだがな」

「メッ、メルさん!!」

私は恥ずかしさのあまり赤くなりながらも、プリプリと怒る。

「冗談だ。どうせ動きにくいと思っているんだろう？　だが慣れてくれ。城に入ったあとは、それ以上に鬱陶《うっとう》しいドレスを着てもらうことになるんだ」

「え、これ以上……ですか？」

「ああ。それはまだ旅装の範疇《はんちゅう》だからな。盛装ともなれば、もっと宝石やらレースやらでゴテゴテしたものになるぞ」

「……私、勘違いしていたみたいです。お姫様って、意外と体力があるんですね」

そうしみじみと呟いたのがおかしかったようで、メルさんは声を上げて笑っている。

だが本当に、これは一体何の修行なのだと言いたくなるような重さなのだ。これを着て優雅に動くなんて無理だ。

お姫様といえば、何かあるたびに「ああっ」とか言って気絶するイメージだったのに、どうやら根性がなければ務まらないらしい。

肩や腰にドレスの重みを感じながら、お姫様に対する認識を少し改めた私であった。

ふと顔を上げると、街の人々が興味深そうに私を見ていた。黒い甲冑姿《かっちゅうすがた》の近衛兵に囲まれたメルさんが、王だと気付いたのだろう。だが王自身よりも、その腕に抱かれている私に視線が集まっている。

恥ずかしくて顔を隠したくなるが、そんな無様な姿を見せるわけにはいかない。私は背筋を伸ばしたまま、ひたすら前を見据《みす》えるのだった。

そうして人々の注目を浴びながら街を馬で歩くこと十数分、ようやく前方に大きな門が現れた。

2　入城

驚くほど大きな城門をくぐった先では、貴族と思《おぼ》しき集団が出迎えにきていた。

男性たちの出で立ちもカラフルだったが、女性たちはまるで咲き乱れる花のように華やかだった。

カラフルなドレスや宝石で着飾ったご令嬢たち。皆一様に熱っぽい瞳でメルさんを見つめたあと、私を射殺す勢いで睨《にら》みつけてくる。

メルさんはそんな貴族たちの脇を騎乗したまま通り過ぎると、走り寄ってきた馬丁《ばてい》に手綱《たづな》を渡した。

そしてヒラリと馬から降り、いつものごとく私に片手を差し出してくれる。

貴族たちの注目を浴びつつも、私は躊躇《ためら》うことなくその手を取った。

するとメルさんのもう片方の手が私の脇に差し込まれ、グイと持ち上げられる形で地に降ろされる。それは流れるような、自然な動作だった。この旅の間、何度も行ってきたことだからだ。

私たちの慣れた動作を見て、多くの者がハッと息を呑むのがわかった。

「陛下、ご無事で何よりです。また、この度はご戦勝おめでとうございます」

白髪《はくはつ》の老人が代表してメルさんに声をかけた。

メルさんの祖父と言われても違和感のない年齢に見えるが、かなりの男前だ。美少年ならぬ、美老人といったところか。柔和《にゅうわ》な表情と洗練された物腰は、まさに紳士の鑑《かがみ》。

「しかし、そちらのレディは一体？　よろしければ教えていただきたいものですな」

その瞬間、メルさんと老人のやり取りを見ていた貴族たちの視線が再び私に集まるのがわかった。

本来なら自己紹介するべきなのだろうが、メルさんに任せる。何しろ、この場では一切しゃべるなと言われているのだ。

「彼女はしばらくの間、城に滞在する。賓客《ひんきゃく》としてもてなすように」

賓客という言葉に、貴族たちがざわつく。

「かしこまりました。お部屋はどういたしましょう?」

老紳士が目を細めながら、笑顔で尋《たず》ねた。

その笑顔から悪意は全く感じないが、これは演技なのだろうか? それとも――

「彼女は客間に。良いな」

メルさんがそう言った瞬間、数名の女性が微《かす》かに笑みを浮かべた。

愛妾《あいしょう》なら私室が与えられるはずだから、私がそうでないと知って安心したのだろう。

つまり、私のライバルになりそうなのはあの人たちか。

「陛下、レディのお名前は教えていただけないのですかな?」

そう言ったのは、ひときわ派手な身なりの男性だ。小太りの身体を孔雀《くじゃく》のように飾り立てている。

「彼女の名はセイラだ。今はそれ以上は言えん」

それ以上は言えんって……この世界での私の名前は、それ以上でも以下でもないんですけど。

メルさん、なんでわざわざもったいぶるような言い方したんだろう？

「ホロウェイはいるか？」

「はい、陛下。ここに」

メルさんの問いかけに答え、一人の男性が前に進み出た。

――マッチョだ!!　マッスルだ!!　ムキムキだー!!

顔よりも、その見事に鍛《きた》えられた身体に目がいく。あとで彼の印象を聞かれたら、筋肉としか答えられないだろう。

「彼女の護衛につけ。この国を訪れるのは初めてだ。慣れないことも多いだろうから、色々と助けてやってくれ」

「はい、この老いぼれにお任せください」

胸に右手を当て、礼の姿勢をとる男性。

あの人が私の護衛？　メルさんからは何も聞かされていなかったので、私は目を瞬《しばたた》かせながら前に立つ彼を見上げた。

老いぼれと自分で言っていたが、まだ壮年といったところだろう。何より身体は筋骨隆々《りゅうりゅう》としており、とても若々しい。

そんな惚《ほ》れ惚《ぼ》れするような肉体を飾っている彼の服は、軍部に所属している者たちが着るいわゆる『隊服』ではなかった。近衛隊が着る黒い隊服でも、一般兵が着る青い隊服でもない。

えー、軍人じゃないの？　この筋肉で？　素手でクマにも勝てそうなのにもったいない。セフィラード軍部にとっては多大な損失であるに違いない……

そんなことを考えながら、ようやく彼の身体から顔へと視線を上げた。

すると、ばっちり目が合ってしまう。

引き結ばれた口元に鋭い眼光。その顔は大きな身体と相まって、ものすごい威圧感を放っている。これで目立つ傷のひとつやふたつあれば、完全にヤクザだ。

だがメルさんが護衛を頼んだのだから、決して悪い人ではないはず。それどころか、信頼に足る人物に違いない。そう思うと、さほど怖いとは感じなかった。

「宰相、メイド長。彼女付きの侍女を二名、それとメイドを四名手配してくれ。人選は任せる」

「かしこまりました」

先程メルさんに話しかけた白髪《はくはつ》の老紳士は、宰相だったらしい。彼が一礼したあと、黒のワンピースに白のエプロンドレスを着た年配の女性が深々とお辞儀《じぎ》した。

「セイラ、行くぞ」

メルさんに手を取られ、私は歩き出す。その背に、横顔に、貴族たちの鋭い視線が突き刺さる。視線だけで人を射殺せるのなら、私はここで死んでいるだろう。

結局私は、一言も発することなくその場を後にしたのだった。


「セイラ。わかっているだろうが、気を許すなよ」

皆から離れたところで、メルさんに釘をさされた。いつも自信満々な彼が、ほんの少し不安を覗《のぞ》かせている。

「大丈夫ですよ、気を許せるような友達もできそうにありませんし」

私は先程見た気位の高そうなお嬢様たちを思い出して、笑いながら応えた。

「冗談ではないのだぞ」

「大丈夫です。でも何か困ったことがあったら、相談させてください」

だって私にとって、この城で心から信頼できる人はメルさんしかいないのだから。

近衛隊の二人――ウォーレン卿とマグワイア卿はメルさんを裏切ることはなさそうだ

が、私に対しても忠実だとは限らない。私がメルさんのためにならない女だと判断したら、排除しようとするかもしれない。

「俺に会いたいときは、セイラ付きの侍女に伝えると良い。それから、二人きりのとき以外、俺のことは『サイラス』と呼べ」

「サイラス陛下、ですね。わかりました」

メルさんは頷《うなず》いたあと、私たちについて来ていたあのマッチョな男性を振り返った。

「ホロウェイ、彼女の護衛を頼む。彼女が滞在する客間の隣にそなたの部屋を用意する。そこを使え。それとセイラ、この者はサヌール・ホロウェイという。俺が最も信頼を寄せている者の一人だ。お前も信頼していい」

メルさんの言葉で、ホロウェイさんへの信頼が高まる。その厳《いか》めしい顔を見上げると、ニコリと笑いかけられた。

「レディ・セイラ、はじめまして。サヌール・ホロウェイと申します。私のことは、どうぞホロウェイとお呼びください」

歯を見せて笑うその表情は、人懐っこい。初めて会ったときの威圧感はなりを潜め、かなり話しやすそうに見える。笑顔ひとつで、こうも印象が変わるとは……。

「セイラと申します。こちらこそ、よろしくお願いします」

そう言って、いつもの癖で頭を下げた。

私が顔を上げたとき、ホロウェイさんの顔から笑みが消えていた。

「そのように、簡単に頭を下げてはいけません」

「え？」

意味がわからず固まる私。

その様子を見て、彼は苦笑しながら言葉を足してくれた。

「レディ、あなたは陛下の賓客《ひんきゃく》として滞在されるのです。そういった謙虚《けんきょ》な姿勢を私は好ましく思いますが、見下す者もおりましょう。だから、むやみに頭をお下げにならない方がいい」

なるほど、と思った。謙虚さが売りの日本人だが、すぐに謝る癖は直した方がよさそうだ。それにより、揚げ足を取られかねないとホロウェイさんは教えてくれているのだ。

「ご忠告ありがとうございます。ではホロウェイさん、改めてよろしくお願いします」

今度は頭を下げずに笑顔で述べた私に、ホロウェイさんは胸に右手を当てて騎士の礼をとった。

「しかし、真顔のホロウェイを見て泣かなかった女は珍しい。せめてたじろぐかと思ったんだがな」

私たちのやり取りを見ていたメルさんが、楽しそうに言う。

「陛下、顔のことは言ってくださいますな。これでも気にしているのですぞ」

眉尻を下げて抗議するホロウェイさん。

その表情がおかしくて、私は思わずクスクス笑ってしまった。

「レディも笑うなんて、ひどいですなあ」

ほんのひとときではあるが、メルさんもリラックスしている様子だった。楽しい時間を三人で過ごしたことで、私のホロウェイさんへの信頼はかなり大きくなっていた。

「では行くか。いつまでもここにいるわけにはいかないからな」

こうして、私の王城暮らしが始まったのだった。

3　愛妾《あいしょう》候補との対面

城に到着した日の翌朝、部屋の扉をコンコンとノックされた。

緊張のため眠りが浅かった私は、その音ですぐに覚醒《かくせい》した。

「どうぞ」

こんな朝早くに誰だろう、と少し不審に思いながら声をかけると、扉の向こうから聞き慣れない女性の声がした。

「失礼いたします」

そう言って部屋に入ってきたのは、七名の女性たち。

先頭は、昨日見たメイド長だった。きびきびとした動きを見るに、いかにも有能そうだ。

「おはようございます、セイラ様。よくお休みになれましたでしょうか？」

本当はほとんど眠れなかったのだが、「ええ」と小さく頷《うなず》く。

「それはようございました。申し遅れましたが、私はメイド長のアイスラーと申します。本日は、セイラ様のお世話をさせていただく侍女のお二方と、部屋付きのメイドたちを連れて参りました。ご滞在の間、何なりとお申し付けくださいませ」

後ろに控えていた女性たちが、メイド長の横に整列して深々と頭を下げた。

「こちらのお二人は、ミス・ローリとミス・イヴでございます。侍女として、セイラ様の身の回りお世話をさせていただきます。こちらの四人は、メイドのリンジー、カレン、タマラ、シェイでございます」

名前を呼ばれた者から順に、今度は一人ずつ礼をする女性たち。

侍女だと紹介された二人は、それぞれ異なる華やかなドレスを着ている。対するメイドの皆さんはメイド長と同じ、いわゆるメイド服姿だ。

「メイドの名前を覚えていただく必要はございません。何かございましたらお手元のベルを鳴らしていただくだけで、この者たちが参ります」

メイド長はそう言って、ナイトテーブルの上に置かれた銀色のベルを示す。部屋の中をよく見ると、ベッドサイド以外にも数個確認できた。

「お掃除からお食事まで、私どもが全てお手伝いさせていただきます」

メイドたちは早速、きびきびと働き始めた。

すると、侍女の二人が私に近づいてくる。

「おはようございます。初めてお目にかかります。ソマーズ子爵が娘で、ローリ・ソマーズと申します」

「おはようございます。マーレイ男爵が娘で、イヴ・マーレイと申します」

彼女たちはスッと膝を折り、淑女《しゅくじょ》の見本のような挨拶《あいさつ》をしてくれた。

正真正銘、貴族のお嬢様である二人。その優雅な姿に少し気後《きおく》れしながらも、私はにこりと微笑んだ。

そういえば、かつてヨーロッパのどこかの国では貴族の子女が行儀見習いのため、より上位の貴族の家に奉公に出されたと聞いたことがある。彼女たちも、きっとそのような理由でお城に勤めているのだろう。

「おはようございます。セイラと申します。二人とも、これからよろしくお願いしますね」

令嬢らしい、ゆったりとした口調で話しかける。

貴族の礼儀作法は村から城に来るまでのひと月の間に、メルさんと近衛の二人から徹底的に叩き込まれた。それはもう、かなりのスパルタ教育だった。

何とか及第点をもらうことはできたが、所詮は付け焼刃。本物の令嬢が見たら私が偽物だとわかるのではないだろうか、と内心ヒヤヒヤする私。

だが、彼女たちは恭《うやうや》しくお辞儀《じぎ》を返してくれた。

「セイラ様、それでは早速お召し替えをいたしましょう」

「ええ、お願いします」

イヴが慣れた様子で、部屋の隅にある大きなクローゼットへ向かう。

私が王城で着るドレスはすでに用意してあるとメルさんが言っていたが、私にはドレスの選び方さえわからない。とりあえずは、彼女たちに言われるままにしておこうと決めた。

数分後、メイドたちと共に数着のドレスを持ったイヴが戻ってきた。

様々な色のドレスを見せられる。どうやらこの中から選べばいいらしい。

私が選んだのは桔梗《ききょう》色のドレスだ。メルさんの瞳の色に似ている。でも、だから選んだというわけではない。自分が一番着慣れている色を着ようと思ったのだ。

昨日着いたばかりの私のもとには、これから望ましくない来客があるはず。探りに来る者、取り入ろうとする者、排除しようとする者、いずれかはわからない。しかし必ず来るだろうと、根拠のない自信があった。

そのときに、ドレスに着られているという印象をもたれたくない。

このドレスの色は、中学校と高校で着ていた制服の色に近い。ちなみに、会社の冬の制服もこの色だった。

「肌を綺麗に見せてくれるお色ですわね」

そう言いながら、私が選んだドレスを着付けてくれる二人。

コルセットで締め付ける必要がないので、それほど時間はかからない。その間にメイドたちは服を片付け、部屋を整え終えて出て行ってしまった。

はあああ、皆さんプロですねえ。

そんなことを考えていたら、ローリに手を引かれてドレッサーに案内された。

そのまま髪を梳《す》かされそうになったので、慌《あわ》てて立ち上がる。

「ちょ、ちょっと待って……」

――髪の毛を触られたら、メルさんのピアスが見えちゃうって!!

そう思うものの、上手い言い訳が見つからない。

立ち上がったまま、一向に座ろうとしない私を見て、ローリがゆっくりと口を開いた。

「セイラ様、私たち二人はご事情を伺《うかが》っております。ですからご安心ください」

「伺っている？　何のことでしょうか？」

本当かどうかわからないので、一応すっとぼけてみる。

「お耳のことです。昨日、陛下に呼び出されて他言しないという誓いを立てております」

「本当に……知っているんですか？」

耳のことと言われても、まだ信じ切れない。

「ええ。お耳のことを伺ったのは昨日ですが、私とイヴはそれ以前から、セイラ様にお仕えするために色々と準備をして参りました」

「あなたたちは、私の侍女となるために誰かから指導を受けていたということですか？」

メルさんがこの国に戻ったのは昨日だ。一体誰が、彼女たちに指導を？

「はい。宰相様とホロウェイ様のご指導を受けておりました」

ホロウェイさん――メルさんの信頼も厚い彼がバックについているというのなら、信用してもいいかもしれない。

でも宰相は、まだ敵か味方かわからない。

「あの、宰相様はどんな方ですか？」

「とても素敵な方ですわ。仕事がおできになるので、ご隠居なさっていたのを陛下がわざわざ領地まで出向き、口説《くど》いたお人なのです。あの陛下がですよ。笑顔が素敵で物腰が柔らかく、いまだに女性に人気のある方なんです」

そう話すローリの目が、すっごくきらきらしている。

これは、もしや……じじい専？　いや、宰相様ラブなのか？

彼を褒《ほ》め称《たた》えるローリの話は止まらない。よくもこれだけ褒め言葉が出てくるなと感心してしまう。

私が呆気に取られているのに気が付いたのだろう、ローリはようやく話すのをやめ、咳払《せきばら》いを一つした。

「私としたことが……申し訳ございません」

「ええと、サイラス陛下がわざわざ領地から引っ張り出したということは、宰相様をそれだけ信頼してるってことですよね？」

「もちろんですわ。宰相様とホロウェイ様は、前陛下の時代からの忠臣でいらっしゃいます」

「そうですか……では、あなたたちはなぜ侍女に選ばれたのですか？」

本人に聞くのは些《いささ》か失礼な質問であることは承知の上で口にした。

「はっきり申し上げますが、セイラ様の敵となりうるのは上位貴族の方々です。私どものような下位貴族の子女は、陛下のおそばに侍《はべ》りたいなどという考えはもっておりません。私どもが望むのは、せいぜい伯爵や侯爵に嫁ぐことくらいです」

淡々と述べるローリ。その横で、イヴもうんうんと頷《うなず》いている。

「そういうものなんでしょうか？」

身分制度のない現代日本で育った私には、よくわからない。

「貴族と申しましても、伯爵と子爵の間には大きな隔《へだ》たりがございます。子爵と男爵にも少しながら隔たりがございますが、伯爵と子爵に比べると些細《ささい》なものです」

「伯爵は上位貴族、子爵は下位貴族という意味でしょうか」

「ええ。それに、上位貴族でなければつくことができない役職もございます」

「……王妃もですか？」

「はい。きちんと明文化はされてはおりませんが……。ですので、私どもがそのような大望を抱くことはないのです。もちろん愛妾《あいしょう》でしたらなれないこともありません。しかし陛下が強く望まれない限りは、ありえないことです」

同じ貴族なのに線引きがあることに少し驚いたが、日本だって江戸時代に大名を親藩《しんぱん》、譜代《ふだい》、外様《とざま》と格付けしていた。それと同じようなことだろう。

その江戸時代の大奥にはたくさんの女性が入れたから、身分の低い者が混ざっても許容できたのだ。

だがこの国では王妃と愛妾合わせて三人までと決められている以上、王室ができる限り高貴な血を取り込もうとするのは当たり前だ。

「年頃の娘がいる上位貴族は、どれくらいいるのでしょうか」

「陛下のお相手に相応《ふさわ》しい年齢の方は九名いらっしゃいます。しかし、その中で王妃の座を狙っていらっしゃるのはお一人しかおられません」

「一人……」

「他のお嬢様方は、愛妾になることを望んでいらっしゃいます」

「……はなから愛妾狙い？　どうしてですか？」

「王妃の座を望まれている方が、とても力のある貴族のお嬢様なんです」

――出来レース。

私が現れなかったら、そのお嬢様が王妃にほぼ確定していたのだろう。つまり彼女にとって、私の存在はものすごく邪魔なわけだ。

でも私だって、尻尾巻いてすごすごと逃げるわけにはいかない。

メルさんから王妃候補だとバレないようにしろとは言われているが、喧嘩《けんか》を買うなとは言われていない。売られた喧嘩は買ってやろうじゃないの。

――メルさんは、絶対に渡さない!!

私はこの世界でメルさんと共に生きることを決めたのだ。そのために、色々なものを手放した。

だからこそ、彼女たちに負けてなどいられない。

顔を上げて鏡を見ると、力強い目をした一人の女性が私を見返していた。

そのあと、イヴたちが耳は出さないよう髪を部分的に結い上げ、花を飾ってくれる。

二人から色々と時間つぶしの提案を受けたが、私は彼女たちにもっと詳しく話を聞くことを選んだ。

敵地ともいえるこの場所で騒動に巻き込まれないためには、少しでも多くの情報を仕入れておくに越したことはない。

「他に何か知っていることがあれば、教えてくれませんか?」

「そうですね……まずセイラ様は、誰が敵で誰が味方なのかを理解される必要があるかもしれません。周りは敵ばかりと構えておられるのはお辛いでしょうから」

「味方……いるのですか？」

「もちろんです。陛下や宰相様、ホロウェイ様の息のかかった者たちが私たちの他にもおります。事情も多少は知らされていると思いますわ」

「はっきり名を挙げられるのは、近衛隊のウォーレン卿とマグワイア卿、それと私たち二人。あとは軍部の者が少々ですわね」

軍部と聞いて、村に常駐していた兵たちのことを思い出す。

当然、彼らも私の存在を知っている。何しろ彼らの目の前で、メルさんと再会のラブシーンを演じてしまったのだから。

味方というよりも、事情を知っている人が意外と多いことに一抹《いちまつ》の不安を感じる。

「そんなにも大勢が知っていて、大丈夫なのでしょうか？」

「ご心配ないかと。陛下が若くして即位なさった頃より、おそばで支えて来られた忠臣の方々ばかりですから」

ローリは私を安心させようとしてそんなことを話し始めたのだろうが、メルさんの過去を何も知らない私は逆に戸惑いを覚えてしまった。

「若くして……即位した？」

「ご存じでなかったでしょうか？」

頷《うなず》く私を見て、ローリは「いずれ陛下ご自身がお話しされるつもりなのかもしれませんね」と言ったきり、口をつぐんでしまう。

これ以上はメルさん自身に聞いてくれ、ということなのだろう。

「ともかく陛下が今の磐石《ばんじゃく》な体制を築くことができたのは、軍部を掌握《しょうあく》なさったからです。この度遠征に連れて行かれた者の多くは古参ですので、まず裏切ることはないでしょう。それに軍部に、上位貴族はほとんどおりません」

イヴはメルさんの過去には触れないようにして続ける。

愛する人のことだけにすごく気になるが、今は聞かないでおこう。第一、私にだって秘密があるのに、メルさんの過去を他人の口から聞くのは罪悪感を覚える。

それにしても、あれほど自信に満ち溢《あふ》れているメルさんが、苦労していたなんて想像もつかない。

――私、上辺《うわべ》だけ見てメルさんのことをわかったつもりになっていたのかな。

婚約者であるメルさんのこともろくにわかっていないのだから、これでは今後出会うであろう私を『邪魔』だと思う者たちの考えなど、見抜けるはずもないんじゃないか。

今以上に気を引き締めなければ……そう思い、大きく深呼吸をした。

「セイラ様、大丈夫ですか？　ご気分が優れないようでしたら、お休みになりますか？」

「お顔の色がよくありませんわ。何かすっきりするお飲み物でもお持ちしましょうか？」

私を心配してくれる二人がとても心強かった。

この場所に、味方はいないと思っていた。でもこの二人の前では、少し気を抜いてもいいのだろうか？

メルさんから頼まれたという二人。私自身からも、ちゃんと頼んでおきたい。

「私の手助けをしていただけますか？」

私はローリとイヴを交互に見ながら語りかける。

二人はお互いに顔を見合わせたあと、笑顔で大きく頷《うなず》いた。

「私たちにできることであれば、なんなりと」

淑女《しゅくじょ》の礼を返してくれる二人に「よろしくお願いします」と、覚えたばかりの淑女の礼を返すのだった。


数日後の午前中。三人で和《なご》やかに談笑していたら、無粋なノックの音が部屋に響き渡った。

イヴが扉に近づき「はい」と返事をすると、聞き覚えのない女性の声が耳に届く。

「レディ・セイラはいらっしゃるかしら？　私、ジャクリーン様の使いの者なの。あの方が是非お会いしたいと仰《おっしゃ》っているのよ。早く扉を開けてくださる？」

なんとも高慢な物言いに、私は少し呆れる。会ったこともない相手、しかも陛下の賓《ひん》客《きゃく》に対してこの態度とは。

イヴは少々お待ちくださいと言って、一度こちらに戻ってくる。

「どうされますか？　約束もございませんし、断っても構わないと思いますが」

「ローリ、ジャクリーン様って――」

「先日お話ししました、王妃候補の筆頭にして唯一《ゆいいつ》の女性です」

内心、やはり来たかと思った。王妃候補、愛妾《あいしょう》候補たちが自らやって来るものとばかり思っていたが、使いの者を寄越すとは……さすがは生粋《きっすい》のお嬢様といったところか。

「お父上はゲインズ侯爵です。……色々事情がありまして、現在この国に公爵はいません。ですので、実質的に侯爵がこの国の貴族の最高位にあたります。ゲインズ侯爵以外にも侯爵は数名いらっしゃいますが、年頃のお嬢様をお持ちの方はおられません」

「国内最高位の貴族のご令嬢で年頃も釣り合うことから、貴族たちはジャクリーン様が王妃になられると考えております。そのため多くの者がゲインズ侯爵に媚《こび》を売るので、まるで王族のような振る舞いをすることも……」

ローリとイヴが早口で教えてくれる。

「他国には、陛下の妃《きさき》に相応《ふさわ》しい身分の方《かた》はいなかったの？　王女様とか」

「ブランシャール王家の姫様は、ご身分も御歳も陛下と釣り合っておられましたが……」

ローリは目を伏せて、言葉を濁《にご》した。

「……ブランシャールには、王女様がいたの？」

「セイラ様はご存じありませんか？　レオンハルト殿下には、一人の姉姫様がいらっしゃったのです。……残念ながらお生まれになってすぐ、お亡くなりになったと伺《うかが》っております」

「そう、だったの……」

「もう三十年近く前のことにございます。今は扉の外にいる女性を何とかいたしましょう」

自分で聞いておきながら少しへこんでしまった私を、イヴが気遣ってくれる。

「そうよね、ごめんなさい。ジャクリーン様ご本人については何か知らない？」

「髪は赤みの強い金――赤銅色《しゃくどういろ》と言ってもいいかもしれません。目は緑です。背はセイラ様よりも少し高いと思いますわ。スラリとしていながらも、肉感的な身体つきをしていらっしゃいます」

「とても気位の高い方だそうです。いつも取り巻きを大勢従えていらっしゃいますわ」

話しぶりから考えるに、おそらく二人は彼女の姿を見たことはあっても、言葉を交わしたことはないのだろう。上位貴族と下位貴族には隔《へだ》たりがあると聞いていたし、無理もない。

——気位の高いお嬢様かあ。

怒らせたら、取り巻きを使って仕返ししてきそうだよね……メルさん絡みでなければマジで関わりたくない。

嫌だなーと内心ぼやいていると、扉が強めにノックされた。

「ちょっと、いくらなんでも待たせすぎじゃありませんこと!?」

——あ、忘れてた。

扉の向こうで、私を呼びに来た侍女だか取り巻きだかが文句を言っている。

仕方がない。このまま放っておくわけにもいかないし、と立ち上がって扉に向かう。

「お待ちくださいセイラ様。まずは私たちが対応いたしますので」

「ああ、そうだったわね」

つい自分で動こうとしてしまう。基本、なんでも侍女に任せるべきなのに。

慣れないお城ライフ。気をつけなきゃいけないことがいっぱいで、そのうち頭がパンクしそうだ。

私がカウチに座るのを確認して、イヴがドアに向かった。

「セイラ様は陛下の賓客《ひんきゃく》です。下手《したて》に出る必要はございませんわ」

私の背後に控えるローリの囁《ささや》きと同時に、扉が開くカチャリという音が耳に届く。

入って来た女性は、ひどくプリプリしていた。

「ごきげんよう、レディ・セイラ。もしかして、こんな時間までお休みだったのかしら？ごめんなさいね。けれど淑女《しゅくじょ》たる者、いつでも人前に出られるよう身だしなみを整えておかなければねえ？」

——名乗ることもせず、第一声が嫌味って……

彼女から感じるのは、私への明らかな悪意と敵意。そして蔑《さげす》み。

確かにドアを開けるのが遅かったとはいえ、突然アポなしで訪ねてこられた身にもなってみろ。先に非難されてしかるべきなのは、そっちだろうに……

なんでアラサーの私が、初対面の小娘にこんな態度をとられなければならないのよ。

これは、教育的指導が必要ね……。ああ、お局様《つぼねさま》ってこんな気分なのかしら？

私が黙ったままだったので、『臆した』と受け取ったのだろうか。彼女は長々と自己紹介を始めた。自慢と嫌味にまみれていたが、要するに自分は伯爵家のご令嬢でジャクリーン様の侍女だと言いたいらしかった。

「申し訳ございません、セイラ様。彼女がこのような態度をとるのは、きっと私たちが侍女を務めているせいもあるのですわ……」

少し離れた場所にいるジャクリーン様の侍女に聞こえないよう、ローリが申し訳なさそうに囁《ささや》く。

「昔からのしきたりとして、上位貴族の令嬢には伯爵家の令嬢が侍女としてつくものなのです」

私の侍女は子爵家のローリと男爵家のイヴ。だから私自身の地位も高くないと推測した上での態度というわけか。

正直むかつくんですけど！　私だけでなく、ローリやイヴまで馬鹿にされた気分だ。

――確かに、私はここでも日本でも生粋《きっすい》の庶民よ。でも伊達《だて》に長く生きてないのよ、舐めないでちょうだい。あなた、異世界で暮らした経験なんてないでしょう？

そう言ってやりたい……。年齢がバレるし、異世界人だってこともバレるから言わないけど。

ひとまずローリを安心させるため、私は「大丈夫よ、気にしないで」と小さく呟《つぶや》いた。

「ちょっと、聞いておられますの？　一人でブツブツと、気味が悪いわ」

ブツブツって、一言だけじゃん……と心の中でツッコミを入れてから、私は口を開いた。

「お待たせしてごめんなさいね。突然お越しになられたので驚いてしまいましたの。他の皆様は事前にお手紙などで日時をご連絡くださいますもので」

優雅に微笑みながら、言外に『アポなしで来るなんて非常識なのよ！』と言ってやる。

まさか反撃されるとは思わなかったのだろう。ジャクリーン様の侍女は一瞬驚いた表情を見せてから、顔を赤くして私を睨《にら》んだ。

だがそれくらいで私が黙ると思ったら大間違いだ。総務課長のひと睨みの方がよっぽど怖かったし。

「ああ、まだ名乗ってもいなかったわね。失礼したわ。私はセイラ。サイラス陛下も仰《おっしゃ》っていましたが、今はこれ以上言えないの。ごめんなさいね。いずれ、あなたたちにもきちんと自己紹介できる日が来ると思うわ」

私は笑みを強くし、ゆったりと話し続ける。

「それと、ジャクリーン様……でしたかしら？　私にお会いしたいと仰っているのよね。よろしくてよ、どうぞいつでもお越しくださいとお伝えしておいて」

これも、言外に『会いたいなら、あなたがこちらへ来るのが筋《すじ》でしょう？』と匂わせる。そもそも賓客《ひんきゃく》として滞在している私を呼びつけようという考えがおかしいのだ。

余裕の態度を崩さぬまま返事を待つが、相手は悔しそうに私を睨みつけたまま黙っている。

「どうかされたのかしら?」と問いかけると、彼女はようやく口を開いた。

「……ジャクリーン様にきちんとお伝えしておきますから、失礼いたしますわ」

私には、『後悔しても遅くってよ』という捨て台詞《ぜりふ》にしか聞こえない。だが一旦引き下がってくれるようなので、部屋を出ていく彼女を座ったまま見送った。

「ジャクリーン様の取り巻きの方《かた》って、皆様あんな感じなのかしら」

扉が完全に閉じたのを見届けると、思わずそんな呟《つぶや》きが漏れる。

「次期王妃と噂《うわさ》されているジャクリーン様の威を借りて、あのような態度をとる者が多いですわ。でもセイラ様、とても素敵でしたわ! 私、胸がすっといたしました。あちらにはゲインズ侯爵の後ろ盾があるとはいえ、こちらにはジョーカーがいますものね。決して負けませんわ」

うふふと笑うローリが、期待を込めた眼差しで手を握ってくる。

「ジョーカーって……」

「もちろん、陛下ですわ」

――やっぱり。死神陛下を切り札《ジョーカー》呼ばわりとは、ローリもなかなか言う。

「でもその陛下の後ろ盾があるからこそあんなことが言えたんだし、私も彼女たちと同じだよね」

「いいのですわ。セイラ様は何一つ間違ったことを仰《おっしゃ》っていません。それに対して、彼女は陛下の賓客《ひんきゃく》であるセイラ様に対して、失礼な態度をとりました。セイラ様だから許されたものの、本来なら大問題でしてよ。それに彼女たちにはいい薬になるでしょうし」

彼女の態度がよほど腹に据《す》えかねたらしい。ローリはとても黒い微笑みを浮かべていた。

しかし勝利の余韻《よいん》も冷めやらぬ数日後には、ホロウェイさんから衝撃的なことを聞かされたのだった。

◇　◇　◇

「え……」

私が朝の身支度を終えた途端、部屋を訪れたホロウェイさんから伝えられた言葉に思わず絶句する。

「そのことについて陛下より、ご伝言を預かっております。『城内にうるさい女狐《めぎつね》たちが入り込むが気にするな』とのことです」

「女狐たちって、ジャクリーン様たちのことですよね？」

静かに頷《うなず》くホロウェイさんに「わかりました」と返事をすると、私はフラフラとベッドに歩み寄って両手をつく。

それを見て、部屋の隅に控えていたローリとイヴが慌《あわ》てて駆《か》け寄ってきた。

「セイラ様、どうなさいました？　ホロウェイ様！　セイラ様に一体何を!?」

「ローリ、イヴ。少し待って。陛下から伝言をいただいただけ……自分の中で整理できたら話すから……ちょっと、外の空気を吸いに行こう」

そう言って、二人とホロウェイさんと共に庭に出る。

――ジャクリーン様たちが、城に滞在する？

ホロウェイさんを通じてメルさんから告げられた内容は、ジャクリーン様を含む四名の女性が本日入城したということ。

とはいえ、愛妾《あいしょう》としてではない。彼女たちの入城の名目は『私の話し相手になるため』だ。

このような事態になった原因として考えられるのは、先日の、あの侍女とのやり取り。

私の『どうぞ、お越しください』という返事を逆手に取られ、『話し相手を所望《しょもう》している』と都合よくとられてしまったのだ。

侯爵家のご令嬢といえども、さすがに一人でここまではできまい。父親のゲインズ侯爵あたりが噛んでいると考えて間違いないだろう。

やっぱりあちらの方が上手《うわて》だったな。迂闊《うかつ》な発言をしてしまった……と少し落ち込む。

「セイラ様……」

「えっ？　ああ、大丈夫よ。落ち着いてきたわ」

笑いながら辺りを見渡すと、今が見頃だと言うモルガナの黄色い花が咲き乱れていた。

モルガナの花は、私の好きだったひまわりによく似ている。

ひまわりよりも小振りだが、香りはモルガナの方が強い。その香りを楽しんでいたら、一人のメイドが手紙を手に近寄ってきた。

ホロウェイさんが近くにいてくれたので、さほど構えることもなくその手紙を受け取る。

庭のモルガナにも負けない強い香りがついたピンク色の封筒。裏返すと、可憐な文字で『ジャクリーン・ゲインズ』と書かれていた。

〝――レディ・セイラ。先日はわたくしの侍女が、突然訪問して失礼いたしました。後日、あらためて訪問させていただきたく存じます。本日より私を含め、四名が『薄色《うすいろ》の間』に滞在し、セイラ様のお話し相手を務めさせていただきます。急ではございますが、明日のご予定はいかがでしょうか？　お会いできる日を楽しみにしております。ジャクリーン・ゲインズ〟


今届くなんて、すっごいタイミングよね。

読み終えた手紙を封筒の中に戻しながら、聞き慣れない言葉についてローリに尋《たず》ねる。

「ねえ、『薄色《うすいろ》の間』って何かしら？」

「薄色……もしや、そちらの手紙に書かれていたのですか？」

硬い表情で私に尋ねてくるローリ。

この様子だと『薄色の間』について何か知っているようだが、嫌な予感がする。

「ええ。ジャクリーン様たちが、私の話し相手としてそこに滞在するらしいわ」

「まさかそんなことに！　セイラ様……」

ローリは口元に手を当てて小さく叫んだあと、心配そうにそっと私の名を呼ぶ。

「心配しないで。彼女たちが城に滞在すること自体は、すでにホロウェイさんから聞いていたの。陛下から知らされる前にこの手紙をもらっていたら、少しショックだったと思うけど。気持ちを整理する時間があったから、平気よ。ただ『薄色の間』というのが聞き慣れないものだから気になって……私の部屋と近かったら嫌だしね」

「そうでございましたか」

安心した表情で頷《うなず》いたあと、ローリはゆっくりと説明を始めた。

「『薄色の間』とは、歴代の愛妾《あいしょう》が住まわれた部屋の総称にございます」

「愛妾の部屋……」

「愛妾方に与えられたお部屋には、全て『薄紅《うすべに》』『薄薔薇《うすばら》』『薄珊瑚《うすさんご》』といった名がついておりますので、それらをまとめて『薄色の間』と呼んでいます」

それを聞いて、色々と嫌な想像をしてしまう。

「そこに、ジャクリーン様たちが？」

「そのようですが……きっと陛下も何かお考えがあるのですわ」

落ち込んでしまった私を、ローリが励ましてくれる。

「私もそうだとは、思うんだけど……」

「『薄色』は城の中でも奥まった場所にありますし、セイラ様がわざわざ会いに行かれない限りは、廊下でばったり会うなんてこともございません」

「陛下は、彼女たちをできるだけセイラ様から遠ざけたかったに違いありませんわ」

必死に励ましてくれる二人のおかげで、ようやく元気を取り戻す。

「そうよね……私が陛下を疑ってどうするのよ。これでは相手の思うつぼだわ。ところで城内のお部屋には、全て色の名前がついているのかしら？」

「はい。セイラ様が滞在されているお部屋は『若緑《わかみどり》の間』と申します」

「へえ……全然知らなかったわ」

部屋にルームプレートなどないので知らなかった。

「庭に面している部屋には緑系統の名前が、湖に面している部屋には青系統の名前がついていることが多いのです」

「さっき聞いた愛妾《あいしょう》の部屋は全部赤系統の名前だったけど、それは？」

ローリが少し言いにくそうに答える。

「赤は……その、王族や、それに準じる方々の私室です。色の濃さが身分の高さを表しています」

「愛妾が全員薄色ということは、濃い色の部屋に住む人ほど陛下に近しい存在、というわけなのかしら？」

「はい。陛下の私室は『深紅《しんく》の間』、王妃陛下の私室は『深緋《こきひ》の間』と呼ばれております。他にも王太子殿下の私室、他の殿下方の私室なども、赤系統の名前がついています」

「愛妾は正式な王族とはいえないから、『薄色』ということなのね」

黙ったままコクリと頷《うなず》くローリとイヴ。彼女たちは心配そうに私を見つめている。

「大丈夫よ。事前に聞いていなかったら、すごく動揺したでしょうけどね」

私の言葉に、二人は少し表情を緩める。

「それよりも前回と違って、随分《ずいぶん》と正攻法で来たわね。おかげで断りにくいわ」

何しろ彼女たちは、私の要望に応じて話し相手として来てくれたことになっている。

今さらそんなの必要ないとか言ったら、礼儀知らずやワガママの烙印《らくいん》を押されそうである。

彼女らのやり口には、舌を巻くほかない。厄介な相手だ。

明日のことも、急な誘いではあるものの、何も予定がない私としては『忙しい』と言って断ることもできない。

部屋に戻ると仕方なく、手紙への返事をしたためる。明日の午後に、城内でお茶会を開くことにした。


その日の夜、『明日のお茶会嫌だなー。熱でも出ないかなあ』なんてマラソン大会前夜の中学生のようなことを考えていると、マグワイア卿が久しぶりに部屋を訪れた。

「セイラ様。陛下が夕食をご一緒に、と仰《おっしゃ》っております」

嬉しい誘いを受け、私はいそいそと移動する。

案内されたのは、メルさんのプライベート用のダイニングルーム。

てっきり私とメルさんだけかと思ったら、国王陛下とその賓客《ひんきゃく》という立場であるため、何人もの使用人に囲まれての食事となった。

――やっぱり、二人きりとはいかないかあ。

この城に来てからというもの、メルさんに会えたのは数えるほどだ。だから久しぶりに会えたことが嬉しくて、自然と頬が緩む。

カジュアルだった旅人姿に比べると格段に華やかな装いで、上品に食べ進めるメルさん。

飽きるまで、じっくりと眺めていたい！　と思いつつ、男の色気溢《あふ》れるその姿を、正直直視できない。スーツ姿はかっこよさ三割増しというが、それどころじゃなかった。倍だ。いや十倍かも。

「ああ、写真が撮りたい。待受にしたい。あとで一人で堪能《たんのう》したい……」

私はメルさんに聞こえないように、小声でブツブツと欲望を吐き出す。少し変態っぽいが、好きな芸能人を見ている感覚に近い。恋人だけど、遠い人でもあるのだ。

「食事は口に合うか？」

相変わらず耳に心地好い声で問いかけるメルさん。

私は食事の手を止め、微笑みながら頷《うなず》く。

「はい。とても美味《おい》しくて、ついつい食べ過ぎてしまいそうです」

「その言葉を料理長が聞いたら、泣いて喜びそうだな」

城の料理長を任されるほどの料理人が、私に褒《ほ》められたくらいで泣くわけがない。

メルさんの冗談だろうと思い、私は笑った。

「そんな、大袈裟《おおげさ》ですよ」

だがメルさんは、フンと鼻を鳴らす。

「少なくとも、今日から城に滞在している令嬢たちは絶対に口にしない台詞《せりふ》だ」

「……それって、ジャクリーン様たちのことですよね？」

「そうだ。彼女たちは、使用人をいちいち褒めたりしない。良く出来て当たり前、失敗したときは大いに貶《けな》す。甘やかされて育った貴族の子女とは概《がい》してそういうものだ」

口の端を歪《ゆが》め、嫌そうに言うメルさん。

「その彼女たちに、明日、会うことになりました……」

失敗したら貶されると聞いて、ますます憂鬱《ゆううつ》な気分になった。

「今日城に来たばかりだというのに、随分《ずいぶん》と早いな」

怪訝《けげん》そうなメルさんに、ついでとばかりにこれまでの経緯を話すことにする。

ジャクリーン様の侍女の来訪から手紙のことまで覚えている限りを伝えると、メルさんは冷めた目をした。

「やはりな。セイラから『ジャクリーンを是非話し相手として城に』という申し入れがあったとゲインズに言われたんだが、おかしいと思っていた。そのようなこと、お前が言い出すはずがないからな。まあ、丁度いい機会だと考えて許可を出したんだが……」

「確かに私はそのようなこと、言った覚えはありません。でも証拠はないですし、すでに入城もされてしまっているので、今さら追い出すわけにもいきませんよね」

「許可を出したのは俺だ。あまり責めてくれるな」

苦笑を浮かべるメルさんを見て、私は首を傾げる。

「何か考えがおありなんですか？　さっき仰《おっしゃ》っていた『丁度いい機会』というのも気になりますし……」

そこでメルさんは、スッと右手を振る。

すると室内にいた者たちが頭を下げ、静かに退室していった。

そして、私とメルさんの二人だけとなる。

「さすがにこの先は聞かせられないからな」

「人払い、できたんですね」

「賓客《ひんきゃく》と紹介しているが、セイラは妙齢の女性だ。食事の場とはいえ、二人きりになればどんな噂《うわさ》が立つかわからない。できる限り、二人きりにはならない方がいいんだがな」

それを聞いて、なんだか申し訳ない気持ちになる。

「……すみません。私が際どい質問をしたせいですよね？」

「いや。そもそも俺が説明を怠《おこた》ったからだ。セイラが気に病《や》む必要はない」

「ありがとうございます」

「先程の話の続きをしよう。彼女たちの入城を許した理由だが……セイラを王妃として娶《めと》ったところで、愛妾《あいしょう》をもつつもりがないことを話しておかなければ諦めないだろうからな。この機会にきちんと話そうと思ったんだ」

「それならわざわざ滞在させなくても、呼び出してそう告げれば済む話なのでは？」

「愛妾候補が彼女たちだけならな」

「へ？」

「彼女たちは、正式に『愛妾候補』として認められているわけじゃない。ま、認めるか認めないかは俺次第なんだが――」

「ちょっと待ってください！　愛妾候補じゃない？」

話の展開について行けなくて、頭を抱える。

「わかりにくいか？　俺は『まだ妻を娶《めと》るつもりはない』と言っていた。だから強引に用意された愛妾《あいしょう》候補の存在を無視し続けていたんだ。ここまではわかるか？」

私が頷《うなず》くのを確認して、メルさんが先を続ける。

「セイラの言うように彼女たちを呼び出して、『お前たちとは結婚しない』と言い渡したとするだろう？　するとその時点で彼女たちを愛妾候補として認めたことになり、『彼女たちが気に入らないから断った。気に入る娘がいれば婚姻の意思はある』と解釈される。そうなれば彼女たちを断ったところで、次の候補者が名乗り出てくるだけだ」

「すみません……ちょっと時間をください」

わかりやすくたとえてみると、こんな感じ？

——親戚から見合い写真が送られてきたものの、興味がないので開封することもなく部屋の隅に積んでいた。もちろん親戚からの電話も無視。でもあまりのしつこさに耐えかね、『直接断ろう』と見合い写真の女性たちと会って断った。そしたら『ほら、やっぱり結婚に興味はあるのよ。今回はお相手が悪かったようだけど、次はもっと良いお嬢さんを……』ってな具合に、見合い写真が送られ続ける——ってことだよね。

「なら、メルさん自身が呼び出すことなく愛妾候補たちが集まったこの状況は……」

「ありがたい。だがすぐに動いては、相手も何かしら策を講じてくるかもしれないからな。しばらく様子を見てから偶然を装って会い、全員に申し伝えるつもりだ」

「そういうことだったんですね……」

「愛妾をもたないばかりか既にセイラと婚約していると知られたら、厄介なことになる。彼女たちはお前を蹴落《けお》とそうと、躍起《やっき》になるだろう。色々面倒をかけるが、立后《りっこう》の準備が整うまで辛抱してくれ……すまない」

「私なら大丈夫です。ローリもイヴもとても頼りになりますし」

「ああ。あの令嬢たちは信頼できる。親も清廉《せいれん》な者たちだ。それゆえに、あまり出世はしていないが。お前が王妃となったら、彼らの家を取り立ててやればいい」

「そ、そんなこと……」

「お前はいずれ、それができる地位に就《つ》くんだ」

確かに、王妃になることを決意したからこそ、ここに来ている。いつまでも『そんなことできない』なんて言ってられない。もう、ただの村娘じゃないのだ。

「少しずつ、勉強します」

「ああ」

緊張した面持ちで答えた私に、優しく微笑みかけるメルさん。

――『がんばれ』とも『お前ならできる』とも言われなかったので、少し気が楽になった。

「それと……わかっているとは思うが、勘違いするなよ」

真剣な表情でそう告げるメルさんに、今度はなんだろうとドキドキする。

「彼女たちは、あくまでお前の話し相手として滞在するだけだ。貴族たちから何を言われても気にするな。当然、俺が『薄色《うすいろ》』に足を運ぶことはないからな」

真面目な顔で、きっぱりと言い切るメルさん。

もちろん彼を信頼しているが、こうしてきちんと言葉にしてくれると安心する。

「当たり前です。足を運んだら怒りますからね。覚悟してくださいよ」

メルさんの優しさが嬉しくて、笑いながら答えた。

「でも、どうして『薄色の間』に彼女たちを？」

「ゲインズのごり押しだ。未婚の令嬢たちなので間違いのないよう、一番警護の厚い部屋に滞在させて欲しいと粘られてな。『薄色』は奥まった場所にあるので、隔離しておくには丁度いいかと思ったんだが、やはりいい気はしないか？」

「いいえ、彼女たちが『愛妾《あいしょう》』でない限りは、ただの部屋にすぎないですから」

少し強がりだったが、そう言い切った。

その後、メルさんが呼び戻した給仕に紅茶を淹《い》れ直してもらい、和《なご》やかに食事を楽しむ。

あっという間に感じられたが、部屋に戻って時計を確認すると三時間以上経っていた。

国王として忙しい中、時間を割《さ》いてくれたメルさんには感謝だ。これでなんとか明日の試練も乗り越えられそうな気がする！

一人大きなベッドに横になった私は、久しぶりに幸せな気分で眠りにつくのだった。

◇　◇　◇

――ああ、居《い》た堪《たま》れないこの空気、誰かなんとかしてください！

そう叫びたい気分だが、そんなことできるはずもなく、ただにっこりと微笑む私。

私が主催のお茶会ということで、ローリとイヴが整えてくれた室内は非常に居心地が良い。テーブルに置かれた花瓶には、香りの強くない花々がセンス良く生けられている。用意されたお菓子は旬のフルーツを使った甘酸っぱい焼き菓子。お茶もイヴのおすすめの一品だけあって、薫り高く口当たりもまろやかだ。

ローリとイヴと三人だけなら、最高のお茶の時間なのに……

思わず内心で愚痴《ぐち》る私の向かいには、燃えるような赤い髪と同色のドレスを身に纏《まと》った女性。

――そう、私を鋭く見つめる瞳は、鮮やかな緑色をしている。ジャクリーン・ゲインズ侯爵令嬢だ。

私が提示した時間通りに、取り巻きと共に来訪した彼女。

彼女たちの滞在の名目は私の話し相手であるが、その割には会話が弾まない、弾まない。それを理由に城から追い出せるんじゃないかというほどだった。

彼女たちには、そもそも私と仲良くするつもりなどない。むしろ、私の心をボキッと折って、早くここから追い出したい、といったところか？

取り巻きの筆頭は、ソフィア・クリード伯爵令嬢。ジャクリーン様の隣の席に陣取り、今も甲斐甲斐しく世話を焼いている。金髪碧眼《へきがん》の多い貴族には珍しく、茶色の髪と黒い瞳をもつ彼女はとても気が強い。何度も私に噛みついてくるので厄介だ。

私の右隣に座っている美少女は、ブリジット・レンスター伯爵令嬢。見事な輝きを放つプラチナブロンドの髪に、澄んだ青空のような瞳。バラ色の頬は、同性でも思わずため息が出てしまいそうな可愛らしさだ。だが、残念なことに愛想はあまり良くない。

そして私の左隣に座っているのは、フローレス・ティラール伯爵令嬢。金髪に青灰色《せいかいしょく》の瞳という、この国の貴族に最も多い特徴をもっている。彼女は終始穏やかに微笑んでおり、時折ソフィア様を諌《いさ》めたりもしている。

侯爵令嬢はジャクリーン様だけ。残りの三人は全員が伯爵令嬢だ。彼女たちの会話を聞いている限り、三人には家格の優劣は特になさそうだった。

じゃじゃ馬のソフィア様は、完全に私を敵と認識しているようだ。

美少女のブリジット様は、この中で一番読めない人物だった。

一番好意的なフローレス様は、ソフィア様が私に対して棘《とげ》のある言葉を口にするたびに、申し訳なさそうな目でチラチラと私を見ている。

私を含めて、この場にいる女性は五人。王が娶《めと》られるのは、王妃一人、愛妾《あいしょう》二人の合計三人だ。

ジャクリーン様は王妃になる気でいるのだろうが、他の三人は私がいなくとも、二つしかない愛妾の座を奪い合うつもりなのか？

そんなことを考えながら、表面上は微笑を浮かべたままお茶を一口啜《すす》った。お茶のいい香りに、ほんの少し気分が癒《いや》される。

お茶会が始まって結構時間が経っているが、一度として和《なご》やかな空気になることはなく、ずっと殺伐としていた。

そんな中、ジャクリーン様がおもむろに口を開く。

「ところで……セイラ様は、陛下とはどちらでお知り合いになりましたの？　昔からの知り合い、というわけではございませんわよね」

「申し訳ないのですが、詳しいことはまだお話しできませんの」

予想していた質問だったので、前もって用意していた回答を口にする。

メルさんから何度も釘をさされたのだ。

——自分の素性《すじょう》やメルさんとの出会いについては絶対に話すな、と。

「あら……そうなんですの。是非お聞きしたかったので、残念ですわ」

「何か、言えない事情がおありなのかしらねえ？　そう思いませんこと、皆様？」

私の返答が気に入らなかったようで、ソフィア様がチクチクと嫌味を言うが、下手に切り返すと墓穴《ぼけつ》を掘りかねない。ここは、営業スマイルで切り抜けよう。勤めていた会社や村の宿屋で鍛《きた》えられた、鉄壁のスマイルだ。

無視されたことが悔しいのか、ギリギリと音がしそうな程に歯をくいしばり、私を睨《にら》みつけてくるソフィア様。彼女にはそろそろうんざりだ。

「それにしても、セイラ様のお姿が、わたくしの想像と違っていたので驚きましたわ。陛下がお連れになったと聞いて、華やかなお顔立ちの方を想像しておりましたの。でもセイラ様って、控えめなお顔立ちですわよね」

ジャクリーン様がいかにも悪気はないといった風に話すが、どう考えても『その地味顔で陛下の隣に立とうなど、図々《ずうずう》しいにも程があるわ！　鏡を見なさいよ！』としか聞こえない。

加えて、暗にメルさんの好みから外れていると言われた気分だ。

——これは、結構ダメージが大きい。派手顔美女に言われたので、なおさらだ。

だが異世界で生きて行くと決めてから、私はたくましくなった。

地味顔で悪かったわね……でも日本では普通なの。人種の違いよ！　何年この顔と付き合ってきたと思ってるの？　愛着もあるし、メルさんだって文句言ってないんだから！　自信を持って、やり返させていただきますとも！

「ええ。ですが陛下は『目を引く派手さはないが、微笑みの下で何を考えているかわからないミステリアスなところが魅力だな』なんて仰《おつしや》いますの」

少し恥ずかしそうな表情を作りながら、そう応える。

——嘘です。言われてません。

ミステリアスって……本当にそんなセリフを吐く男性がいたら、会ってみたい。思わず笑ってしまいそうになり、口元に手を添える。

「そうですか、陛下がそのようなことを……」

私の言葉を素直に信じたのだろう。ジャクリーン様は悔しそうな表情をしたものの、すぐに次の攻撃を仕掛けてきた。貴族って半端ない。

「セイラ様はきっと、ブランシャールの方なのですわよね。その髪色は、この国の貴族にはなかなかないですし。ブランシャールは、今とても大変な時期だと聞いておりますわ。お戻りにならなくて大丈夫なのかしら？」

その言葉に私以上に反応したのは、ソフィア様だった。彼女は一瞬ビクリとしたあと、悔しそうに下を向く。

――ああ、彼女の髪と目も、この国の貴族にはあるまじき暗色だもんね。コンプレックスなんだろうなあ。

私にしてみたら、髪色なんてファッションの一部にすぎない。そんなので一喜一憂するのはおかしいと思ってしまう。

ジャクリーン様自身も純粋な金色ではなく赤銅色《しゃくどういろ》だが、彼女は父親の権力が強いため、とやかく言われることはないのだろう。だから、仲間が傷つくような言葉をこんなにも容易《たやす》く口にできるのだ。

先程ジャクリーン様が言った言葉を深読みするならば、『賓客《ひんきゃく》？　この国では黒髪、黒目は卑《いや》しさの象徴なのよ！　そもそもブランシャールなんて、セフィラードの属国でしょ？　とっとと自分の国に帰りなさいよ！』といったところか。

だが、私よりも自分の一番の手下にダメージを与えちゃったみたいねえ。それに、他の誰もソフィア様を慰《なぐさ》めようとしないなんて……

この四人、全員仲良し！　というわけでもなさそうだし、少し様子見かなあ……

「ご想像にお任せいたしますわ」

ほほほと笑いながら、この地獄のティーパーティが早く終わることを祈るのだった。

4　特別補佐官という仕事

「はあ、疲れた」

ドサリとベッドに倒れ込むなり、盛大にため息をつく。

「今日だけで、一年分くらいの体力を使ったかも」

お茶会は二時間ほど続いたが、結局一度も心から笑うことなく終わった。

私の素性《すじょう》やメルさんとの関係をしつこく探ろうとしてくる彼女たち。それを笑顔でかわすのに、ほとほと疲れてしまった。

ゴロリと転がり、仰向《あおむ》けになる。そして無理に笑いすぎて筋肉痛になりそうな頬を、手で揉みながら考えた。

ジャクリーン様の取り巻きの中で、唯一《ゆいいつ》の常識人に思えたフローレス様。彼女は私に敵意を向けるどころか、むしろお仲間たちの言動を良く思っていないように見えた。だが、残念ながら二人きりで会えるはずもなく、その真意を聞くことはできない。

「セイラ様、お疲れ様でございました」

「ローリィ……イヴゥ……疲れたよー」

「今日はもう、ゆっくりお休みくださいませ」

「これから、あんな楽しくないお茶会を何回もしないといけないの？　もう二度と行きたくない……」

「彼女たちはセイラ様のことを探りたくて仕方ないのでしょうし、むしろこれからが本番だと思いますわ。誘いを断ろうにも、その口実になるようなご予定がありませんしねえ……」

確かに、彼女たちは名目上私の話し相手として滞在しているのだから、誘いを断るならそれなりの口実が必要だろう。

——口実かあ。

何か私にやれることはないかなあ？　有り余る時間をつぶせて、お茶会を断る口実にもなれば、一石二鳥なんだけど……

お城ライフ十一日目にして、すでに毎日が退屈で仕方ない。テレビも雑誌もインターネットもない上に、仕事もない。正直、限界だった。

日本人が海外のリゾート地に行っても、あちこち出歩く理由がわかった気がする。

……一つのところで、何もせずにのんびり過ごすことが下手なのだ。

私もその例に漏れず、街を歩き回りたいという欲求が日に日に高まっていく。今日のように、ストレスが溜まることがあると余計にだ。

――待てよ？　するべきことがないのなら、少しくらい城から出ても別に構わないのでは？

「よし、明日陛下に許可をもらって街に行ってみよう！」

いい考えだと思ったのだが、翌朝メルさんに言ってみたら、だめだと言われた。

街に行けない、メルさんにはなかなか会えない、仕事もない、暇つぶしもない……そんな、ないないだらけの状況に、私の心が悲鳴を上げる。

――暇。ヒマ。ひま!!　私にストレス発散の場をちょうだい！

「セイラ様、お庭にでも行かれますか？」

これまでも時折散歩に行っていた、城の庭。嫌いではない。むしろ好きだ。しかし、庭はジャクリーン様たちの部屋に近いのだ。

「城内のジャクリーン様たちが行かなそうなエリアを散策してみようかしら」

代案として、そう何気なく呟《つぶや》いた。

◇◇◇

「いいですか？　この公式をここに当てはめると、この数字がこうなって――」

その私の声を遮《さえぎ》るように、いくつもの声が飛んでくる。

「ちょ、ちょっと待ってください。もう一度……」

「どの公式ですか？」

「セイラ様、これでいいのでしょうか？」

――私は聖徳太子じゃないっつーの！

私が今いるのは、城の財務部の一室。なんと私はここで、財務官たちを相手に塾のようなものを開いているのだ。

「質問のある方は挙手してくださいと、何度言えばわかるんですか！」

ぴくぴくと波打つこめかみを押さえつつ、私は周りの男たちに注意する。口々に自分の聞きたいことを叫ばれては、堪忍袋《かんにんぶくろ》の緒が切れてしまいそうだ。

「はい！」

「はい！」

「はーい！」

一斉に手を挙げる男たち。

「じゃあ、そこのあなた」

私は一人ずつ指し、質問に丁寧に答えていく。

挙手をしていた全員の質問に答えたところで、丁度終わりの時間となった。

「じゃあ、今日はここまでです。明日までに、その用紙の空欄を全て埋めてきてください」

そう伝えると、男たちは「これが宿題というものですな」と言い、嬉しそうな顔で帰っていった。

数日前に『宿題』という言葉を教えてからというもの、男たちはやたらその言葉を使いたがる。まるで子供だ。

だが、彼らは皆いい大人である。それも日本風に言えば、エリート官僚だ。

そして私は、臨時・宰相補佐官。なんとも立派な肩書きである。今までの人生で、一番偉そうな肩書きかもしれない。

黒板代わりに使っている大きな紙をガサガサと音を立てつつたたんでいると、ドアをノックされた。

「入ってもよろしいですかな？」

その少ししゃがれた声を聞いて、ノックした人物が誰かすぐにわかる。

――ここで働くきっかけを作ってくれた宰相様こと、ユージン・クレイグ老侯爵だ。

ニコニコしながら入室してきた宰相様は、部屋の隅に控えていたホロウェイさんと親しげに挨拶《あいさつ》を交わす。

ここで働き始めて知ったのだが、この二人は仲が良い。年はかなり離れているだろうに、それを感じさせないほどだ。

宰相様曰《いわ》く二人で紅茶を飲みながらチェスのようなゲームをし、世間話をするのが楽しみなのだとか。

「セイラ様、もう慣れましたかな？」

「はい。おかげさまで、充実した日々を過ごさせていただいております」

「そうですか、それは良かった。私の方こそ、セイラ様には感謝してもしきれないのですがね」

私の返事に目を細め、うんうんと頷《うなず》く宰相様。

「セイラ様に授業をしていただく前は、使えない者ばかりでしてな。私の頭の血管が、何度切れそうになったことか。あのままでしたら、私はそのうち死んでいたかもしれません」

宰相様は心底嬉しそうに語るが、私の気持ちは複雑だ。

――宰相様より、部下の皆さんの方が瀕死《ひんし》だったような……

そもそも私が講師をすることになったのは、宰相様が般若《はんにゃ》のような形相で、財務官たちを叱りつけている場面に遭遇したことがきっかけだ。

メルさんから外出許可が下りなくて、仕方なく城の中を歩いていたとき。何気なく開けたドアの先で、そんな光景が繰り広げられていた。

ドアを開けた途端、こちらに向けられたたくさんの――涙目。

気まずくなって、そのままドアを閉めようとしたが、宰相様に声をかけられた。

「おや、セイラ様でしたな。あなたとは、いずれゆっくりお話をしたいと思っていたんですよ。ですが、なかなか機会がありませんでな。少し、よろしいですかな？」

先程の般若のような形相はどこへやら。穏やかな笑みを浮かべた宰相様に、「はあ」と返事をした。

すると宰相様は涙目の男たちに「以後気を付けるように」と言い含めてから下がらせる。彼らは助かったとばかりに、脱兎《だっと》のごとく部屋から飛び出していった。

彼らは一体何を言われたんだ……と不安になったが、宰相様はメルさんが信頼している人間の一人。つまり、それ程警戒しなくていい相手なのだ。

「セイラ様、陛下から伺《うかが》ったのですが、計算がお早いとか？」

「計算……ですか？　まあ、苦手ではありませんが……」

私は返事に困る。得意だと言い切るほどの自信はない。

「ふうむ、それではこうしましょう」

そう言うや否《いな》や、宰相様は計算問題を出してきた。

突然ではあったものの、簡単な問題だったので暗算できた。

「なんとっ、素晴らしい！　まさかこれほどとは!!」

宰相様は喜色満面で、大げさなほど私を褒《ほ》め称《たた》えた。そして、こんなことを言い出す。

「セイラ様、是非とも財務官たちの講師を引き受けていただきたい！」

——ええーっ、そんな大した計算ではないんですが……はっきり言って、九九を知っていれば誰にでもできそうな気がするけど……

あまりに絶賛するので、メルさんが信頼している人とはいえ、何か裏があるんじゃないかと逆に不安になった。

「申し訳ございませんが……私にはそんな大役、務まりそうにありませんわ」

私はそう言って、丁重にお断りした。そもそも、メルさんが許さないだろう。暇つぶしの方法を探していた私にとっては願ってもない話だったけど、仕方ない。

断られてもなお食い下がる宰相様に、ならば、と正直に理由を話してみた。

「私としては興味深いお話なのですが、陛下の許可が下りないと思います」

「ふむ」

顎《あご》を触りながら少し考え込んだあと、宰相様は意外なことを口にした。

「それならば、私から陛下にお話ししておきましょう。明日から来ていただけますか？」

まだ話してもいないのに、まるでもう許可をもらったかのような言い方だったので、私は驚いた。

「え、ええ……陛下がいいと仰《おっしゃ》られたなら、是非ともお受けしたく思います」

宰相様を見上げると、彼は「明日が楽しみですな」と笑っていた。

部屋に戻る途中で、後ろを歩くホロウェイさんに何気なく尋《たず》ねてみた。

「宰相様は、どうやって陛下を説得すると思います？」

「……知らない方が幸せなこともあるのです、セイラ様」

目を合わせずに、そうボソリと言われ、それ以上聞くのをやめた。

――人間、引き際が大切よね！

翌朝、メルさんからの手紙が届けられた。

それには、『クレイグから話は聞いた。講師の話、引き受けても構わない。ただし、財務官たちには賓客《ひんきゃく》だとバレるなよ』と書かれていた。

この城で一番敵対してはならない人は宰相様かもしれない。

こうして、晴れて臨時講師として財務部に通うことが決まった私。だが、機密文書を扱う財務部に出入りするには、それなりの役職が必要だった。

また財務官たちにものを教えるという立場上、彼らより上の役職が望ましいという。

そんな理由から、臨時・宰相補佐官という偉そうなポストを与えられたのだ。

だが、突然『先生』として現れた私に対し、財務官たちの目は厳しかった。

話しかけても無視されるし、教えても聞いてくれない。

「なぜ我々が、女にモノを教わらなければならないのです!?」

そう言って宰相様に噛みつく者も、一人や二人ではなかった。しかも、私の目の前で訴えるのだ。

だが、私は宰相様にもメルさんにも助けを求めなかった。

二人のうちのいずれかに一喝してもらえば、権力に屈して大人しく授業を受けるようになるだろう。しかし、それは表面的なものであり、根本的な解決にはならない。

私が本当にただの臨時講師で、いずれこの城を出ていくならそれでも構わない。だが、私は王妃になろうとしているのだ。

――ここは、自力で認めてもらうしかない。

ありがたいことに、彼らの中にも数名、私に対して好意的な者がいた。私が部屋に乱入したとき、叱られていた者たちだ。

なぜ好意的なのか？

話をしてみると、彼らは私の乱入によって宰相様のお小言から解放されたので、感謝の念を抱いていたらしい。だからそのお礼として、授業を真面目に受けたいのだと。

話を聞いてくれる数少ない生徒である彼らに、私はつきっきりで教えた。その結果、彼らと他の者との間には次第に差がつき始めた。

私の教えを受けて宰相様から怒られることが大幅に減った財務官たちは、仕事や勉強が楽しくなってきたようで、日々活き活きと働いていた。

そんな彼らを、宰相様に雷を落とされ続けていた他の財務官たちは、羨《うらや》ましそうに見ていた。それでも彼らは、授業態度を改めようとしない。プライドの高さゆえ、女である私に屈するようなことをしたくなかったのだろう。

――まるで子供ね。

正直呆れていたが、私は彼らを懲《こ》らしめたいわけでも、苛《いじ》めたいわけでもなかった。

ただ、彼らに認めてもらいたかったのだ。そうなれば当然、この状況を利用しない手はない。

「よければもう一度始めから授業を行いますので、受けてみませんか？」

「仕方がないな、それほど言うなら受けてやろう」

私の誘いに、いとも簡単に乗った彼ら。私は内心ほくそ笑んだ。

彼らが真面目に授業を受けるようになってしばらく経った頃、一部の財務官たちから突然呼び出された。私に聞こえよがしに、文句を言っていた者たちだ。

ローリたちが心配する中、私は指定された部屋へ向かう。そこは以前、宰相様が財務官たちを叱責していたあの空き部屋だった。

陰でホロウェイさんが警戒してくれているとはいえ、少々緊張しつつ室内に足を踏み入れる。すると、財務官たちがズラリと並んでいた。

「セイラ様……いえ、先生。こんなに優れた講師であったのに、女性というだけで失礼な態度をとってしまった自分たちが恥ずかしい。本当に申し訳なかった」

そう言い終えるなり、財務官の一人が深く頭を下げる。他の者たちもそれに倣《なら》って一斉に頭を下げた。

そうして財務官たちに臨時講師として受け入れてもらえた私は、忙しいながらも充実した日々を送るようになったのだ。

◇　◇　◇

「本日も、計算ミスがたった三件しかありませんでした。全く、どんな魔法を使われたのか……このジジイにも教えて欲しいものですな」

計算間違いなどの初歩的なミスで仕事を度々中断させられていた宰相様は、よほど嬉しいのだろう。暇を見つけては、財務部内にある臨時教室に顔を出す。

――ローリがここにいたら、喜ぶんだろうなあ。

宰相様のファンであるローリだが、残念ながら侍女という身分ではこの財務部内に入れない。そのため近くの部屋で、イヴと一緒に授業が終わるのを待ってくれている。

ローリやイヴと一緒に過ごせないのは寂しいけど、ここならジャクリーン様たちも来られないし、ホント癒《いや》される。お仕事万歳！

ここで働き始めたことで彼女たちの誘いを断る口実もでき、時間もつぶせている。

私はとても満足していた。

5　動き出した陰謀

講師の仕事を得て、それなりに充実した日々を過ごしていた私。

だがそれを、良く思わない者も存在する。

「セイラ様、ジャクリーン様からお茶会の招待状が届いております」

「またあ？　いつなの？」

「明日です」

そう答えるローリも困惑気味だ。

最近、毎日のようにジャクリーン様からのお誘いがある。仕事があるとはいえ、毎回断り続けていると申し訳ない気持ちになってくる。

「出席する旨《むね》のお返事を出しておいてちょうだい」

「セイラ様、無理に出席されなくてもいいのでは……」

「さすがにこう毎日お断りしていると、申し訳ないわ。それに明日は講師の仕事もお休みだしね」

明日は財務部を含めた文官の会議があるらしい。最近は毎日忙しく過ごしていたので久しぶりの休日を楽しもうと思っていたのだが、仕方ない。

翌日の空は、私の憂鬱《ゆううつ》な心とは裏腹に澄み切っていた。そんな空の下、お茶会が開かれる庭園に向かう。

「雨で中止になるのを少し期待してたんだけど……」

「残念ですが、雲ひとつございませんね」

ローリとイヴ、さらにホロウェイさんを従えて歩く私の足取りは重い。

花々が美しく咲き乱れる庭園に着いたとき、すでにお嬢様方は勢揃いしていた。

私の到着に気付いた彼女たちはすっと立ち上がり、淑女《しゅくじょ》の礼で迎えてくれる。

「ジャクリーン様、この度はお招きいただきありがとうございます」

「セイラ様、本日はお越しいただきありがとうございます。あれから、お変わりございませんか？」

ニッコリと微笑みながら尋《たず》ねてくるジャクリーン様。私はその問いには答えず、微笑を浮かべるだけにとどめた。

私が椅子に腰掛けると、彼女たちも着席する。

「今日は天気に恵まれて良かったですわ」

率先して口を開いたのは、フローレス様だ。

「そう言えば、最近セイラ様はお忙しそうですわね。ジャクリーン様が何度もお誘いしているのに、いつもお断りされているとか。お客人のあなたが、一体この城で何をなさっているのですか？」

口調だけは丁寧だが、相変わらず棘《とげ》のある言葉を吐くソフィア様。

「詳しくは言えないんですが、宰相様と関係がございまして」

全てを隠すよりも、ほんの少しだけ事実を見せる。そうすれば、彼女たちの好奇心も多少は満たされるだろうと思ったのだ。すると、予想外に驚きの声が上がった。

「え、お祖父《じい》様と？」

その声の主はフローレス様。元より丸い目を、さらにまんまるにさせている。

「お祖父様？　フローレス様の？」

「はい。申し遅れましたが、私はユージン・クレイグ侯爵が嫡男《ちゃくなん》トラフ・ティラール伯爵の娘なのでございます」

日本人の私には覚えにくい洋名、そして爵位。それらを懸命に頭の中で整理する。

えっと？　クレイグ侯爵っていうのは宰相様のことだから……

「宰相様のご長男のお嬢様？」

「はい」

びっくりした……そっか、宰相様の孫かあ。思いがけない新事実が発覚した。

以前、自己紹介してくれたときはわからなかった。そりゃそうだ。自己紹介で祖父のことまで言わないもんね。

「えっと……お父様はティラール伯爵、でしたかしら」

まったく顔が浮かんでこない。おそらく会ったことがない人だろう。でも、どうして親子で名字が違うのかな。

「はい。祖父が侯爵家の当主をしておりますので、父はティラール伯爵を名乗っております。ティラールというのは領地の名ですわ。いずれは跡を継ぎ、クレイグ侯爵を名乗ることになりますが」

フローレス様は、私がして欲しかった説明をしてくれる。

——ティラールってのが名字だと思ってたけど、そうじゃなくて領地の名前なのかあ。難しい。

「なるほど、なるほど」と頷《うなず》く私を、微笑みながら見つめるフローレス様。

そんな私たちのほのぼのとした雰囲気を切り裂いたのは、ソフィア様だ。

「フローレス様、あなた宰相様から何もお聞きしてませんでしたの？」

知らなかったと言って申し訳なさそうに謝るフローレス様を、「本当に、あなたって使えない方ね」と罵倒《ばとう》するソフィア様。

「もうおやめなさい。身内といえども、宰相様が公務の内容をペラペラおしゃべりするような方でないのは、よくご存じでしょうに……それよりも、お茶をいただきましょう。冷めてしまいますわ」

そう言ってソフィア様を止めたのは、ジャクリーン様だった。

彼女は紅茶の入ったカップを手にしたものの、口をつけることなく「淹《い》れ直して」とメイドに指示した。時間が経って、ぬるくなっていたのだろう。

メイドがお茶を淹れ直すと、今度は手を止めずに紅茶を口に運んだ。

ソフィア様もブリジット様も何事もなかったかのように、静かに紅茶の香りを楽しんでいる。

フローレス様はまだ少し顔色が悪いが、お茶菓子のクッキーを小鳥のように啄《ついば》んでいた。

見ているだけなら、とても穏やかなティータイムといった光景だ。全員お嬢様なだけあって、食べたり飲んだりする姿も優雅である。

それに感心しながら、私も紅茶やクッキーを口にした。

私に異変が起こったのは、その数分後のことだった。

突然息が苦しくなり、視界が赤く染まる。身体に力が入らなくなって、思わずテーブルに突っ伏した。

テーブルの上の茶器がガシャンと大きな音を立て、その場が騒然となる。

――苦しい……息が、上手くで、きな……い。

はあはあと荒い呼吸を繰り返しても、空気が肺に入っている感じがしない。まるで心臓が頭にあるかのように、ガンガンと鼓動が鳴り響く。

激しい吐き気に襲われるが、吐くことすらできなかった。

指先がピリピリと痺《しび》れてきて、少しでも動くと身体に激痛が走る。

近くで大勢の女性の叫び声が聞こえたが、誰の声かさえ、もうわからなかった。

――わ、たし……死ぬ、の、かな……？

痛みと苦しさに耐えきれず、私は意識を手放した。

◇　◇　◇

「綾子。子供たちを幼稚園に送ったあと、駅前に新しくできたお店に行かない？　あそこのケーキ、絶品らしいよ」

そう声をかけてきたのは、紗枝。彼女と職場で知り合ってから、もうかなりの年月が流れたものだ。仕事をやめた今でも、まだ付き合いが続いている。

私は草食系だが優しい彼と、紗枝は合コンで見事ゲットしたイケメンと、それぞれ結婚した。

お互いの家まで歩いて十分という近所にマイホームを建て、同時期にできた子供は幼馴染《おさななじみ》として仲良く同じ幼稚園に通わせている。

平凡だけど、幸せな毎日。私はいつも笑っていた。

「いいわよ」

そう言おうとして、声を出したつもりが出ない。

喉《のど》には焼けつくような痛みがあり、頭も割れそうに痛い。さらにはむかむかと吐き気までする。

――インフルエンザ？　それとも二日酔い？　昨日、そんなにお酒飲んだっけ？

ガンガンと痛む頭を手で押さえながら、ゆっくりと目を開く。

すると、私は薄暗い部屋に寝かされていた。

――ここはどこ……？　夜……なの？　紗枝は……？

混乱する私の目に、人影が映った。その人は私に背を向け、一人窓の前で佇《たたず》んでいる。

サラリとした金の髪。長い手足。引き締まった身体。

私はこの人を知っている。そう思った瞬間、全てを理解した。

――そっか、夢を見ていたんだ。こちらの世界に来なかったら、そうなっていただろう未来の夢を。

「メルさん？」

ちゃんと声を出したはずだが、私の口から出た声はひどく弱々しく、そして掠《かす》れていた。

その小さな声を聞き取り、勢いよく振り返る男性。それはやはりメルさんだった。

「セッ、セイラッ‼」

室内が暗いため、メルさんの表情は見えない。それでも、なんだかやつれていることだけはわかった。

「メルさん、痩《や》せた？」

そう尋《たず》ねながら、ゆっくりと半身を起こす。

すると、まだ少し違和感の残る身体を抱きしめられた。

――ガラス細工を扱うかのように、そっと。

「セイラ……気が付いて良かった。お前は十日間も眠っていたんだぞ。もうだめかと、何度思ったことか……」

絞り出すような声、震える身体。メルさんが痩せてしまったのは、私のせいなのだろうなとぼんやり考える。

「心配かけてごめんなさい。毒……ですよね？」

メルさんに優しく抱きしめられたまま、私はボソリと呟《つぶや》く。

少し間を置いてから、メルさんが説明してくれた。

「……セイラの使っていた紅茶のカップから、毒が検出された。犯人は、まだ見つかっていない。城に滞在しているあの女狐《めぎつね》どもが怪しいが、証拠がない。給仕をしていたメイドの一人が城内で死んでいるのが発見されたが、その者と事件との関わりもまだわからない」

淡々と話すメルさんの声は、これまで聞いたことがないほど冷ややかだった。

私はメルさんの身体をそっと押しやり、目を合わせる。

彼の瞳は、とても暗い色をしていた。

「すまない、セイラ。俺が油断したせいだ。あいつらが汚い手を使ってくるだろうことは、予想していた。だが、これほど直接的な手段をとるとは思わなかったんだ」

「いえ、私も同じです。嫌がらせは覚悟していましたけど、まさか毒を盛られるなんて考えもしてませんでした。甘かったですね。でも大丈夫ですよ、こうして生きてますし。もう二度とこんな手、食らいませんから」

ふふふ、と多少無理して笑ってみせる。まだ少しだるいが、メルさんにこれ以上罪の意識をもってもらいたくなかった。

だがメルさんは、その言葉に対しては何も言わなかった。

「セイラ、まだ辛いだろう。もう少し休め。その前に何か飲むか？　声がひどいぞ」

そう言って、ベッドサイドに置いてある飲み物をコップに注いでくれるメルさん。

「水に、少量の薬が溶かしてある。これから数日の間、服用した方がいいだろう。少し苦いが、我慢してくれ」

手渡されたコップの中には、薄い緑茶のような色の液体が入っていた。それほど苦いものではなく、お茶としても飲めそうなくらいだった。

飲み終えると安堵したためだろうか、緩やかに眠気が襲ってくる。

「ゆっくり休め」

メルさんに頭を優しく撫でられながら、私は再び夢の中へと旅立った。

6　日常の変化

目覚めても満足に動くことができなかった私は、しばらくベッドの上で過ごした。

その間メルさんは頻繁《ひんぱん》に私の部屋を訪ねてくれた。特に最初の二、三日は、目が覚める度にメルさんがそばにいることに安堵した。

だがそれが四日、五日と続くにつれ、仕事は大丈夫なのだろうかと心配になってくる。

「もう大丈夫ですから仕事に戻ってください」

私が何度もそう言った末、ようやく仕事に戻ってくれたメルさんだが、私に対する過保護ぶりは相当なものだ。

部屋にはホロウェイさんがいるというのに、扉の外にも衛兵を配備している。その念の入れようには、少し呆れた。

皆の手厚い看護のおかげで、二十日も経つと私はほぼ全快した。

それでもメルさんは、日に一度は必ず私のもとへ足を運ぶ。

そうこうしているうちに医者からも、「もうベッドから出られても大丈夫でしょう」

と太鼓判を押された。

数日前からベッドの上で軽いリハビリをしていた私としては、やっと許可が出た、という心境である。

そこで気になったのは、事件以来顔を出していない財務部のことだった。

「財務官のみんなって私のこと、聞いてるのかな？」

やむを得ない事情であったが、無断で仕事を休んでしまったことを少し申し訳なく思う。彼らとの関係が上手くいっていただけに、残念だった。

私の問いに、ローリが申し訳なさそうに答える。

「おそらく知らないでしょう。今回の件は、あくまで内々に処理されたはずですので……」

「そっか……でもそれなら無断欠勤ってことだよね。クビかなあ」

また働くのが楽しみだったのだが、仕方ない。

「宰相様は詳細をご存じなので、クビではないと思いますが――」

イヴの言葉を聞いて、少し希望が湧く。

「本当!?　じゃあ、今日からまた財務部に行こうかしら？　授業も中途半端なままだしね」

「お、お待ちください！　セイラ様っ！」

二人に静止されながらも扉に向かう私を、ホロウェイさんがスッと遮《さえぎ》る。

彼の大きな身体で、扉が塞《ふさ》がれてしまっていた。

「もう身体は大丈夫です。今日からまた日常生活に戻りますね」

ホロウェイさんにも随分《ずいぶん》と心配をかけてしまった。少しでも元気だとアピールするために、小さくガッツポーズをしてみせる。

だが優しく微笑んでくれると思ったホロウェイさんは、無表情のままだった。

「ホロウェイさん？」

「セイラ様、部屋の外へ出ることはなりません」

硬い表情で告げるホロウェイさん。

「まったく、ホロウェイさんにまで陛下の過保護がうつってしまったのですか？　私はもう大丈夫です。お医者様にも大丈夫だと言っていただけました。幸い後遺症もありませんでしたし、以前と何ら変わりませんよ」

ホロウェイさんを安心させようと、再度笑いながら説明した。

だが彼は表情を変えず、扉の前に立ちはだかっている。

この城に来て以来、常に私を背後で守ってくれていた彼は、いつも穏やかな表情をしていた。このような厳しい表情をする彼は、あまり見たことがない。

——何かが、おかしい。

「ホロウェイさん？」

首を傾げて問いかけると、彼は私の目をじっと見つめてこう告げた。

「陛下より、セイラ様をこの部屋から出すことを、固く禁じられております」

強調するように、一言一言はっきりと告げられた言葉。

強い意志のこもった瞳で見据《みす》えられ、思わず目を逸《そ》らしてしまう。

「申し訳ありません。そういうわけで、道をあけることはできません。講師の任も、陛下が解かれたとのことです。まさかすぐに復帰されるおつもりとは思わず、お伝えするのが遅くなりました」

「そうですか……」

「何か必要な物や、欲しい物がありましたら何なりと。全て手配するように言われております」

それ以上聞いていられず、私は無言で寝室に戻った。

そして申し訳なさそうにしながら、ずっと後ろをついて来るローリとイヴに声をかける。

「……一人にしてください」

「申し訳ございません。セイラ様をお一人にしないよう、陛下より言いつかっておりますもので」

「……」

言い返す気にもなれなくて、窓の近くに寄ってぼんやりと外を眺める。

そして、気が付いた。

――部屋が、違う？

私が寝泊まりしていたのは、『若緑《わかみどり》の間』と呼ばれる中庭に面した部屋だった。

だが、眼下には湖が広がっている。

「ねえ、いつ部屋を移動したの？　この部屋は何？」

「セイラ様が目を覚まされた翌日の夜、水に眠り薬を入れさせていただきました。ここは『青藍《せいらん》の間』と申します」

「……私が寝ている間に？」

「はい。申し訳ございません。こちらの方が安全とのことでしたので」

「……どうせ陛下の指示だったんでしょ」

ローリもイヴも返事をしないが、聞くまでもない。なぜなら、家具も全て運び入れてあったから。

……メルさん以外に、そんな大がかりなことを誰が指示するというのだ。

彼が私を心配してとった措置だということは、理解している。

——でも、私の意思をここまで無視するなんて……

怒りは湧いてこない。ただただ切ない。

誰とも言葉を交わさず、窓から外だけを見つめて過ごす。

ここは湖の上にかけられた、アーチ状の橋の上にある部屋。数代前の、湖をこよなく愛したという王妃が造らせた建物。その部屋の一つだろう。

岸まではかなりの距離があり、水深も深い。それにこの部屋は三階……いや、四階ほどの高さがある。シーツを何枚か結び合わせたとしても、下までは届かない。翼でもない限り、逃げ出すことは不可能だった。

やがて外は真っ暗になり、風も冷たくなってきた。

「セイラ様、部屋の中が冷えてしまいますので窓をお閉めしますね」

そう言って、ローリが窓を閉める。

この先、私はどうなるのだろう？

閉じられた窓を見て、そんな不安を感じたとき、部屋のドアがノックされた。

軟禁状態の私に会える人など、限られている。

姿を見せたのは、予想通りメルさんだった。

「セイラ、勝手に部屋を移してすまない。だがこの部屋の方が警護がしやすいんだ」

「警護ですか？」

「犯人が捕まるまで、もしくは俺との婚姻が成立するまでの間だ。我慢してくれ。俺は、お前まで失いたくない」

私の隣に並び、仄暗《ほのぐら》い瞳で見つめてくるメルさん。

「メルさん、何をそんなに恐れているの？　私まで失うってどういうこと？」

「恐れている……か」

ふっと自嘲気味な笑いを浮かべたメルさんは、ぽつりぽつりと話し始めた。

「俺は十六で即位した。父と母が亡くなったからだ。二人ともまだ四十代だった。若いだろう？　二人はこの国の貴族に謀殺《ぼうさつ》されたんだが、無力なガキだった俺には、何もできなかった。もうあのような思いはしたくない」

話しながら、何かに耐えるように手を握りしめている。

私の知らなかったメルさんの過去。ローリが以前言っていたのは、これだったのだ。

「メルさん、私はそんなに簡単にいなくなったりしませんよ。毒を呑まされても、ちゃんと戻ってきたじゃないですか」

私はそっとメルさんの手を取り、優しく語りかける。

「もう油断しません。だから、信じてください」

「すまない。少し考えさせてくれ」

そう言って部屋を出て行ったメルさんの瞳に、いつもの輝きが戻ることはなかった。

――私の知っているメルさんじゃない。

彼の瞳は、どんなときでも煌《きら》めいていた。あんな仄暗《ほのぐら》い瞳ではなかった。

メルさん本人だと言われるよりも、そっくりさんだと言われた方が、まだ信じられる。

私に毒を盛った犯人は、他国の者ではないだろう。裏で糸を引いている者は、間違いなく国内の貴族であるはず。

メルさんは両親を貴族に殺された過去の記憶が蘇《よみがえ》って、精神的に不安定になっているのかもしれない。だから私を失うことを、異様に恐れているのだ。

とにかく今は、メルさんの気持ちが落ち着くのを待つしかない。

そう思い、暗い気持ちのままベッドに入る。

だがそれから何日経っても、私の軟禁が解かれることはなかった。

メルさんは毎日会いに来てくれる。それはとても嬉しい。

――でもこのままじゃ、何も解決しない!!

この軟禁生活も、今日でもう十五日目だ。毎日会うたびに訴えてみるものの、一向に解かれる気配はない。

——メルさんの目を覚まさせたい……でもどうやって？

近頃のメルさんは私に対し、まるで硝子《ガラス》細工でも扱うかのような態度で接してくる。私がピュアだったなら、大切にされていると思って喜んだのかもしれない。

でも、今のメルさんは以前とは何か違う。あの傲慢《ごうまん》で不遜《ふそん》で自信家なメルさんじゃない。

——私がそんな壊れ物じゃないということを示したらいいの？　でも、どうやって？

何か、良いアイデアはないだろうか。

7　恐れていたこと

メルさん以外、誰も訪れない部屋。

私は依然として、そこで籠《かご》の鳥のような生活を送っていた。

そんなある日、外が妙に騒がしいことに気付いた。

湖の上にあるため普段はとても静かなのに、何やら怒鳴り声が聞こえる。耳を澄ましてみたが、騒ぎの内容まではわからなかった。

「ホロウェイさん。何だか騒がしいけれど、何かあったんでしょうか。知ってます？」

部屋の扉の前に立ったまま動かないホロウェイさんに、問いかける。

「いえ……気になるのでしたら、調べて参りましょうか？」

「お願いしてもいいですか？」

「わかりました。階下の者に聞いてから、すぐに戻ります」

ホロウェイさんは私に向かって一礼したあと、大きなこぶしでゴンゴンと扉を叩く。

「おい、開けろ。少々この場を離れる」

「はっ！　お待ちを」

カチリと鍵の外れる音がしたあと、扉が大きく開かれた。

廊下に立っていた衛兵は二人。彼らに二言、三言指示を出してから、ホロウェイさんは大股で走って行った。

扉は再びしっかりと閉じられ、鍵のかかるガチリという音が冷たく響く。

私の身を守るためとはいえ、愛する男性に軟禁されているこの状況に、ため息しか出てこない。気分を紛《まぎ》らわすために本でも読もうと、部屋の奥にある本棚に向かった。

「セイラ様、本をお読みになられるのですか？　では、お茶をご用意いたしますね。今日はいい茶葉が入ったと料理長が言っていたので、もらってきますわ。少々お待ちいただけますか？」

本を選ぶ私に、ローリが後ろから明るく声をかける。

彼女たちは、私がここに軟禁されてからもずっとそばにいてくれる。初めこそ裏切られたようにも感じたが、あれから、彼女たちの存在にどれだけ救われただろう。

「楽しみだわ。寝室で本を読んでいるから、寝室に運んでくれる？」

「かしこまりました」

パタパタと用意を始めるローリとイヴ。

私は本を手に、一人寝室に入った。

椅子に腰掛け、こげ茶色の革で装丁された厚い本をそっと開く。古い本特有の匂いに包まれながら文字を追ううちに、やがて物語に引き込まれていった。


カタンという音がすぐそばで聞こえ、ようやく意識が本から逸《そ》れた。

……どうやらノックの音も聞こえないほど集中していたようだ。あるいはローリが気を使って、あえてノックせずに入ってきたのかもしれない。

「ローリ？　だめね、つい夢中になってしま……」

振り向いた瞬間、見たこともない男と目が合った。

「やぁ、お姫サマ」

悲鳴を上げる間もなく、口を片手で塞《ふさ》がれる。

「っぐ！」

くぐもった声を上げながら、その手を剥《は》がそうと爪を立てた。しかし男は私の精一杯の抵抗をせせら笑うと耳元で囁《ささや》く。

「あんまり抵抗すると、侍女を殺しちゃうよ」

その言葉でローリたちの顔が浮かび、慌《あわ》てて抵抗をやめた。

「へえー、自分の命より他人の命を守ろうとするんだ。……甘いね。ボク、そういった青臭い正義感、大っ嫌いなんだよね」

憎々しげに吐き捨てながら、男は口を塞いでいる手とは反対の手で私の腕を捩《ね》じり上げる。

恐怖のあまりパニックになりそうだったが、冷静に状況を理解しようと視線を巡らせた。すると、別の男と目が合う。

「何してんだよ！　早く目を塞げ……あちゃー、お前がぼやぼやしてるから顔を見られたじゃねえかよ！」

その大柄な男は野太い声で言い、眉を顰《ひそ》めた。

「えー、いいじゃないか。どうせ殺しちゃうんだから。それにさあ、最期に見るのが自分を殺そうとする男たちって、なんかいいだろ？」

ねっとりとした男の口調に、肌が粟立《あわだ》つ。

「バカが。知ってるよ。万が一って言葉があってだなあ――」

「……はあー、もういい。つーかお前、ボクが知らないわけないだろ？」

「ふふがっ、っふっふ」

抗議しようとしたが、口を塞がれているので声にならない。

「何？　ああ、大丈夫。殺さないよ。侍女を殺したら、キミを事故死に見せかける意味がないだろう？」

そう言って、クックツと笑う男。

「それにしても、あの侍女が良いタイミングで自分から部屋を出てきてくれて助かったよ。さすがに二人とも誘い出すのは難儀だからね」

あの侍女とは、厨房《ちゅうぼう》に茶葉をもらいに行ったローリのことだろう。

「彼女は厨房を出たところで、兵士にぶつかられて茶葉をぶちまけてしまったから、しばらく戻らないよ。もう一人の侍女は、『ホロウェイ様が呼んでいる』と兵士から言われて部屋を出て行ったし」

兵士がイヴを呼ぶため部屋に来たということだろうか？　本に集中していたため、全く気が付かなかった。

相槌《あいづち》を打つ者はいないのに、男は楽しそうに話を続ける。

「ま、ぶつかった兵士も呼びに来た兵士も、変装したボクらの仲間なんだけどね。まんまと騙《だま》されてくれたよ」

そのとき寝室の扉が開き、兵士姿の男が二人現れた。

「おい、遊んでないで早くしろ！　下の騒ぎも収まりそうだ。全くこの城の兵士どもは、よく訓練されてやがるぜ。やりにくいったらねえよなあ」

「部屋の前にいた衛兵たちも、下の騒ぎを見に行かせた。俺たちはしばらく衛兵のふりをするからな。あとは任せたぞ」

男たちの言葉を聞いて、私は奥歯を噛みしめる。下の騒ぎも、この男たちの仲間が引き起こしたようだ。

……彼らの狙いは、間違いなく私だろう。

「ご苦労様。衛兵役頑張りなよ。適当に見切りをつけて、あとから合流してくれたらいい」

私の口を塞《ふさ》いでいる男が軽い口調で指示を出すと、兵士姿の二人は頷《うなず》き、部屋を出て行った。

「仕方ない。本当はもっとゆっくり遊びたかったんだけど、仕事にかかるか。……口から手を離すけど、声出さないでね。まあ、大声を出したところで、この近くにキミを助けに来てくれるような人間は一人もいないけど」

もはや、私にできることは何もなかった。

「これは念の為……ね」

そう言いながら私の口に猿ぐつわを噛ませ、腕を背中で縛る男。

彼らは私の目の前で、私の殺害方法を相談し始める。

「刺殺、撲殺、絞殺……んー、全部だめだね。殺したってことがバレバレだ。薬殺は悪くないけど、面白みがない」

私の腕をつかんでいた男がリーダーのようだ。彼は他の男たちが提案する殺害方法を次々と却下していく。

それにしても土壇場《どたんば》で殺害方法を決めるなんて、アバウトすぎやしないだろうか？

「溺死はどうだ？　お誂《あつら》え向きに、下は湖だ」

陰気な雰囲気の男が、窓の下を覗《のぞ》きながら提案した。

「……えー、水死体って醜《みにく》いから、ボク好みじゃないんだけどなあ」

リーダーの男が口をへの字に曲げる。

「遊びじゃないんだ。好きだの嫌いだの言ってる場合か！」

「ごめんごめん。つい悪い癖が出ちゃったよ。時間もないし、溺死でいこう」

「よし、決まりだな」

「縛ったまま突き落とした方が確実に殺せるけど、それじゃ殺したってことがバレちゃうね。ちょっと心配だけど、縄は外すしかないか」

「大丈夫だろ。この高さから落とせば、縛ってなくても間違いなく溺れ死ぬさ」

「だね」

目を細めてニイッと笑うリーダーの男から、狂気を感じる。

「ふっ、んっぐっふっふ」

思わず叫ぼうとしたが、猿ぐつわをされた状態では、やはり声にならない。

――窓から落とされるのは確実だ。どうにか助かる方法を考えねば……

私は彼らにバレないよう、今着ているドレスを確認した。

軟禁されていて人に会うこともないため、質素なドレスだ。スカート丈こそ長いものの、ゴテゴテしていないので重くはない。

難点は、背中で編み上げるタイプだということ。これでは水中で脱ぐことは難しいだろう。着衣のまま泳いで岸に上がるしかない。

「うん、下の騒ぎの方に行ってて湖の近くに兵士はいないようだし、仕事しようか」

「ああ。悪いな姫さん。俺たちは姫さんに恨みなぞないんだが……あんた、大層なお偉いさんに恨まれてるようだな。妬《ねた》まれてる、の方が正しいか」

「まあ王サマの愛を一人占めしちゃってるんだから、妬まれるのも仕方ないと思うけどねえ」

大柄な男は少し同情的だったが、リーダーの男はニヤニヤしながら楽しそうに言った。

「おい！　縄を解くぞ……よし、跡にはなってねえな」

手首を拘束していた縄をブツッとナイフで切った大柄な男が言う。

ようやく手が自由になったが、大男に押さえつけられているので、やはり動かすことはできない。

私の正面に回ったリーダーの男は、薄笑いを浮かべて猿ぐつわに手を伸ばした。

「これも取るけど……一応大人しくしててね。騒がれたら気絶させなきゃならないからね」

……気絶させられたら、確実に溺れ死ぬ。ここは黙っているしかないだろう。

私に抵抗するそぶりがないのを確認して、リーダーの男がそっと猿ぐつわを外した。

「ふーん、何も言わないの？　どんな人でも今から殺されるってなると、無様に命乞いをするもんなんだけど。そんなところを死神は気に入ったのかな？　ま、どうでもいいけど」

「おい、気絶させてから落とした方が確実に殺せるのに、しないのか？」

「わかってないね……必死に助かろうとあがいて、失意のうちに沈んでいく姿を見るのが楽しいんじゃないか」

「……お前だけだよ。この仕事を楽しんでいるのは」

「好きなことしてお金をもらえるんだから、合理的だろ？」

そんな話をしながら、大男が私を窓の前に引きずっていく。開け放たれた窓は、私の腰よりも高い位置にある。そのため、部屋にあった椅子の上に立たされた。

「窓の外にハンカチでも引っかけておいたらいい。風で飛んだハンカチを取ろうとして落ちたように見えるだろ？」

リーダーの男が背後で事故死に見えるよう細工の指示を出しているが、私はそれどころではなかった。

――高い。

眼下に見える水面の遠さを見て恐怖する……この高さから落ちて、本当に助かるんだろうか？

落ちている途中で意識を失ったら終わりだ。

——とにかく気を確かにもつしかない。

覚悟を決めた私の喉《のど》がごくりとなる。

「怖いの？　大丈夫だって。あっという間に水の中だから……じゃあね、バイバイ。お姫サマ」

そう言うと、リーダーの男が私の背中を強く押した。

前のめりになった私の身体は、ものすごい速さで落下していく。

そして凄まじい音を立てて湖に落ちた。

激しい衝撃が全身を襲う。

——痛い！

一瞬遠のきそうになった意識を、その痛みが繋ぎとめた。

身体は一気に水底近くまで沈む。上下がわからなくなりパニックに陥《おちい》った私の口から漏れた空気が、大きな気泡となって上に昇っていく。

——上は、こっちだ！

必死に腕を動かし、水面に上がろうともがく。もがく度に、ドレスが足に絡まった。水を吸ったドレスは重く、身体は思うように上昇しない。

二度、三度口から息が漏れ、もうだめかもしれないと諦めかけたとき、ようやく水面に手が出た。

「プハッ、げほっ、がっ、ハッ、ハッ」

空気を肺いっぱいに吸い込む。身体が浮ききらなかったので水が口に入りそうになったが、小刻みに息をすることで何とか免《まぬが》れた。

——仰向《あおむ》けに、ならなきゃ……

昔、学校で受けた着衣水泳の授業。その内容を必死に思い出す。まさか実践する日が来るなんて、思わなかった。

仰向けに浮いて、助けを待つ。

……だめだ、このまま浮かんでいても、助けはこない。それどころか、あの男たちが止《とど》めを刺しに来るだろう。どうにか岸にたどり着いて、助けを呼ばないと……

それにはドレスが邪魔だった。

仰向けに浮かんだまま背中の紐《ひも》を解こうと試みたが、水中でもがいたせいで紐は固く締まり、解けにくくなっていた。

こうなったら、なんとか着衣のまま岸まで泳ぐしかない！

袖《そで》が重くて腕を動かすのが大変なので、バタ足だけで泳ぐ。

それでも少しずつ、岸に近づいている。あの男たちは、この光景を見て慌《あわ》てているに違いない。

この世界では、女性が肌を晒《さら》すことははしたないとされている。ましてや外で泳ぐなんてもってのほからしい。

淑女《しゅくじょ》の湖での遊びといえば、舟遊び。着飾って、舟の上で会話を楽しむのだ。水上で吹く涼しい風を感じたり、光を反射してきらきら輝く水面に指先をひたすだけ。

だからあの男たちは、私が泳げるなんて夢にも思わなかったのだろう。

だが泳げるとはいえ、危険な状態であることに代わりはなかった。

あの男たちはこちらに向かっているはず。一秒でも早く逃げなければ！

私は疲れた身体に鞭打ち、死に物狂いで足を動かした。

ようやく岸についたときには、体力は底をついていた。足はガクガクと痙攣《けいれん》している。

——そんな状態の私に、今できること。

「きゃあああああーーー」

自分でも驚くほど高い声が出た。耳が痛い。

「今度は何だ！」

兵士のものらしき叫び声が聞こえる。これで兵士たちも、湖の方へやってくるだろう。だがあの男たちの方が先に来るかもしれない。

「いざというときのために、動けるようにしておかなくちゃ！」

荒い息を吐きながら、未だ痙攣《けいれん》する足で何とか立とうと試みる。

「私は、メルさんと約束したんだ。命を落とすわけにはいかない。どんなにみっともなくても、生きることに執着するんだ」

しかし、水を吸ったドレスを着たままでは、走ることもままならない。

背中の紐《ひも》に爪を引っ掛け、落ち着いて解いていく。苦心しながらも、なんとか解くことに成功した。

ドシャッと重い音を立てて、ドレスが地面に落ちる。

アンダードレスだけの姿となり、だいぶ動きやすくなった。乱れていた息も整いつつある。これなら、もう少し休めば走ることができそうだ。

そうして辺りを警戒しながら身体を休めていたが、あの男たちも兵士も、一向に来る気配がない。

不思議に思って先程までいた部屋を見上げると、何やら様子がおかしい。目を凝《こ》らすと開け放たれた窓の近くで、二人の男が鍔迫《つばぜ》り合いをしていた。

大柄の男が、甲冑《かっちゅう》を着た人物と剣を交えている。

「仲間割れ？」

そう思った次の瞬間、相手の顔が見えた。

「メルさん⁉」

甲冑を来ているということは、訓練中に騒ぎを聞きつけ、私を心配して駆《か》けつけてくれたのかもしれない。

何にせよメルさん自身が剣を抜いていることから考えるに、その場には彼を守れるだけの味方がいないのだろう。

「兵士を呼ばなきゃ……」

私はすぐさま立ち上がって駆け出す。疲れたなんて言ってられなかった。

やがて兵舎にたどり着いた私は、扉をノックもせずに開け放つ。

バンッという大きな音を聞いて、兵士たちが一斉にこちらを見た。

「へっ、陛下が、『青藍《せいらん》の間』で、曲者《くせもの》に、襲われてっ、誰、かっ」

全速力で走ってきたため、途切れ途切れな上にボリュームも小さかったが、驚いて静まり返っていた兵士たちには問題なく聞こえたようだ。

兵士たちは、ものすごい勢いで飛び出していく。

「お願い、間に合って……」

祈るような気持ちで、私も兵舎から出た。

メルさんのそばに行きたいけれど、私が行っても足手まといにしかならないだろう。

そう思い、今にも部屋に向かって駆け出しそうな足を止めた。

「そっちに行ったぞ！　囲め！」

「追え！　絶対に逃がすな！」

「相手は一人だ、怯《ひる》むな！」

鋭い兵士の声が飛び交う。どうやら私を追ってきた男たちのうちの誰かが、城内で兵士と遭遇したらしい。

しかし私への追手が一人だけということは、メルさんはあの部屋で複数の暗殺者を相手にしているのかもしれない。

大丈夫だろうか……心配でたまらないが、私にできるのは、せいぜい彼らの邪魔をしないよう大人しくしていることだけ。

歯がゆくて唇を噛みしめた次の瞬間、激しい音が辺りに響いた。

そちらに顔を向けた私の目に飛び込んできた光景。

――湖に、誰かが落ちた!!

メルさんと暗殺者たちがもみ合っていた部屋を見上げても、誰の姿も確認できない。慌《あわ》てて水面に目を凝《こ》らしたが、まだ誰も浮いてくる様子はない。

服を着たまま落ちたのなら、すぐには浮き上がってこないだろう。それは、ついさっき経験したばかりだ。

私には落ちたのがメルさんでないことを祈りながら、ただ待つことしかできなかった。

やがてゴボボボッという音と共に気泡が浮かんできて、次いで湖面から手が出てきた。

水上に顔を出すと同時に激しく咳込《せきこ》んだのは、私を殺しに来た男たちのうちの一人だった。

「っ、に、逃げなきゃ……」

泳ぎ慣れていないらしく、いたずらにバシャバシャと水面を叩いてもがく男。

助けようなんて気持ちは、微塵《みじん》も起こらない。私はあの男たちに殺されかけたのだから、仕方ないだろう。

それでも男が溺れているのを目の当たりにして、私の良心は揺さぶられた。

「セイラッ!!」

逃げることも助けることもできずに立ち尽くしていたら、背後から焦ったような声で呼びかけられた。同時に金属がぶつかり合う鈍い音が聞こえ、慌てて振り返る。

私の少し後ろで、メルさんとあのリーダーの男が激しく交戦していた。

「セイラッ！　城内へ行け！　あそこなら兵士も大勢いる。ここは危険だ！」

軽装の暗殺者に対し、甲冑姿《かっちゅうすがた》のメルさんはスピードでは劣る。その上、私の方を気にしているためか、やや圧《お》されているように見えた。

以前のメルさんなら、甲冑を着ていようが私がそばにいようが勝てただろう。だが毒殺未遂事件以降、メルさんの精神状態は普通ではない。満足に眠れていない日も多いようだった。

「わ、わかりました！　すぐに兵士を来させますので、少しの間、耐えて――」

「逃がさないよ」

私が言い終わらないうちに、リーダーの男が私の足に向けて何かを投げつけた。

反射的に避けたが石に足を取られ、私は転倒してしまう。顔の横を、ヒュッという音と共に何かが通り過ぎ、地面に深々と突き刺さった。

細い、串のような物。暗器の類《たぐい》だろうか。

それが足に刺さっていたらと想像して、私は青くなった。

「外しちゃったか……くそっ、死神陛下、あんた邪魔だよ」

「セイラ、早く行け!!」

メルさんに怒鳴られ、私は慌《あわ》てて起き上がる。また暗器が飛んでくるんじゃないかと気が気でなかったが、振り返ることなくひたすら足を動かした。

どの道を通ったのかさえ覚えていないが、気が付いたときには城にいて、顔見知りの近衛兵を捕まえ叫んでいた。

「ウォーレン卿は!?　マグワイア卿はどこ!?　ホロウェイさんは!?」

「セ、セイラ様？　そのお姿はどうされたのですか？」

私の格好を見た近衛兵が、目を泳がせながら聞いてくる。

一瞬何を言っているのかわからなかったが、自分の姿を見下ろしてやっと理解した。ずぶ濡れになったドレスを脱ぎ捨ててしまったため、アンダードレスしか着ていない。一応下着とはいえキャミワンピのような形をしているので、それほど露出しているという自覚はない。だが、この世界の男性には少々刺激的であったようだ。

「これは、湖に突き落とされて……そんなことより、ねえ！　彼らはどこにいるの？」

「と、とりあえず、これを羽織《はお》ってください……隊長と副隊長でしたら、陛下のおそばにいらっしゃるはず……」

近衛兵は自分の上着を私に差し出しながら言う。

「陛下のおそばにいないから聞いてるの!!　陛下は今、湖畔《こはん》で暗殺者と交戦中よ!!」

その言葉を聞いて、近衛兵は顔色を変えた。

「なっ、まさか！」

「お願い、急いでちょうだい!!」

「セイラ様はこちらにいてください！　城内の方が安全です！」

そう言い残すと、彼は一目散に湖の方角へ走っていく。

その後も、私は兵士を見つけるたびに状況を説明し、湖へ向かってもらった。

「セイラ様!!　よくぞご無事で！」

また一人、見つけた兵士に説明していると、ホロウェイさんがこちらに向かってくるのが見えた。

「ホロウェイさん！」

「ああ、よくぞご無事で……申し訳ございません。おそばを離れるべきではなかった……」

「いえ、調べてきてだなんて頼んだ私が悪かったんです。それよりも、陛下が！」

私が手早く事情を説明するとホロウェイさんは一瞬駆《か》け出しそうになったが、すぐにその足を止めた。

「どうしたんですか、ホロウェイさん！　陛下がピンチなんですよ!?」

「……陛下はあなたを守れと私に命令された。狙われているのはセイラ様、あなたです。私が再びセイラ様のおそばを離れることを、陛下が望まれるはずがない。かといって、あなたを陛下のもとにお連れすることもできません……」

苦渋の表情でそう告げるホロウェイさん。本心では、陛下を助けに行きたいに決まっているのに。

「なら、私が自分の意思で向かいます！　護衛してください！」

そう言って、私は湖へと駆《か》け出したのだった。

8　異世界知識と陛下のピアス

息を切らしながら湖のそばに着くと、大勢の一般兵と近衛兵、そして貴族たちがいた。全部で百人ほどはいるだろうか。だがそれだけの人数が集まっているにしては、妙に静かだった。

私はホロウェイさんに手伝ってもらいながら人垣をかきわける。

その先で私が見たのは、地面に寝かされぐったりとしているメルさんの姿だった。

「メ、メルさ……ん？」

思わず呟《つぶや》いた声に反応する者はいない。

ホロウェイさんの制止を振り切り、転がるようにメルさんの傍《かたわ》らに膝をついた。

「嘘、嘘でしょ……？」

そう言って触れたメルさんの青白い顔は、ひどく冷たい。

私は驚いて、反射的に手を引っ込めた。

髪も服もずぶ濡れだったが大きな怪我は見当たらない。そばにはメルさんの物と思《おぼ》しき甲冑《かっちゅう》が、濡れたまま地面に置かれている。

甲冑を着ていたせいで、溺れたんじゃ……

近くに転がる死体――それは先程窓から落ちてきた男だった。

もしかしたら、岸に上がった男がリーダーに加勢して、二対一になってしまったのだろうか。

迂闊《うかつ》だった。せめてここを離れる前に、この場にもう一人敵がいることをメルさんに伝えるべきだった。今さら悔やんでも遅いが……

涙でぼやける視界でメルさんの胸を見ると、動いていなかった。

――呼吸をしていない。

「いつ!?　いつ湖に落ちたの!?」

私は近くにいたずぶ濡れの兵士の胸ぐらをつかみ、問いかける。

「ほ、ほんの少し前です」

すぐに心肺蘇生《しんぱいそせい》をすれば、まだ間に合うかもしれない！

わずかな希望に賭け、メルさんの服を脱がそうと手を掛けたとき、厳しい声が飛んできた。

「何をしている!?」

周りにいた貴族の一人が、ものすごい形相で私を睨《にら》みつけている。

「陛下の後ろ盾がなくなったおまえなぞ、怖くない！　素性《すじょう》のわからぬ怪しい女め！陛下に触るな！」

一分一秒を争うこのときに、こんなバカな貴族の相手などしていられるか！

私はその貴族を一瞥《いちべつ》したあと、メルさんの服を脱がせることを再開した。

「触るなと言っているのが、聞こえないのか!?」

「近衛隊は何をしているんだ！　その女を早く捕らえろ！」

別の貴族たちまで騒ぎ始める。

はっきり言って邪魔だった。どうにか彼らを黙らせねば。

「静かにしてください！　私は陛下をお助けしようとしているのです！」

「お助けする、だと……？　陛下はもう亡くなっている！　見てわからないのか!?」

「陛下を救う手立てがあるので、それを試みようとしているのです！」

「何をたわけたことを！　今すぐに陛下から離れろ！」

これ以上、彼らの相手をしていられない。

メルさん、ごめん。約束破るね。

「これなら、陛下に触れても問題ないでしょう!?」

そう言って、私は無造作に髪をまとめた。

私の耳朶《みみたぶ》に輝く、一対のピアスが露《あら》わになる。

怪訝《けげん》な顔で私の行動を見ていた貴族たちの表情が、一変した。

「そ、その、ピアスは、セフィラード王家の……まさか、そんな馬鹿な……」

狼狽《ろうばい》する貴族たちに、私は止《とど》めを刺す。

「陛下の婚約者である私が、陛下のお身体に触れて何が悪い！　黙って見ていなさい！」

ぐうの音《ね》も出なくなった貴族たちを尻目に、傍《かたわ》らのホロウェイさんに声をかけた。

「ホロウェイさん、手伝ってください！　陛下を、メルさんを、必ず生き返らせて見せます！」

ホロウェイさんは、硬い表情で頷《うなず》いた。

「まず三十回、胸部を圧迫してください。場所はこの辺りです。そのあと私が陛下の肺に二回息を吹き込みます。それを繰り返すのです」

メルさんの胸の真ん中辺りを示しながら、ホロウェイさんに指示する。だがそんな蘇生法を聞いたことも見たこともないだろうホロウェイさんは戸惑っていた。

ひとまず、私が自分でやるしかない。

刻一刻と、状況は悪くなっている。

「まずはやり方を見て覚えてください、陛下が息を吹き返すまで、休まず続けます」

私はメルさんの胸部に、両手を重ねて置く。

――早く、強く、休まず、三十回。五センチ以上は沈ませないと、効果がありません。

講習をしてくれた年若い救命士の、短い言葉が脳裏《のうり》を過《よ》ぎった。

「いち、に、さん、し、ご……」

数を数えながら、力いっぱい圧迫する。肋骨《ろっこつ》がきしむ嫌な感触が伝わってきたが、やめるわけにはいかない。それに命を助けるために肋骨一本なら、安いもんだ。

三十回圧迫したら、次は人工呼吸だ。顎《あご》を持ち上げて、気道を確保する。そして鼻をつまみ、躊躇《ためら》うことなく自分の口でメルさんの口を覆った。

その瞬間どよめきが起こったが、気にせず続ける。

肺に空気が入って膨《ふく》らんだのを確認して、もう一回行う。

胸部の圧迫を三十回、人工呼吸を二回、それを交互に繰り返す。

額に汗が滲《にじ》み始めた頃、ホロウェイさんが手伝いを申し出てくれた。

「力を入れ過ぎないように気を付けてください。肘《ひじ》は曲げずに真っ直ぐ、そうです」

私の指示と、ふっふっというホロウェイさんの息づかいしか聞こえない。周りの人々は私とホロウェイさんのしていることを、複雑な表情で見つめていた。

——お願い、お父さん、お母さん。この人を助けて……愛しているの……

遠い世界にいる両親に祈ったそのとき、メルさんの眉がピクリと動いた。

ゴポッという音に続いて口から水が吐き出され、メルさんが苦しげにむせる。

「つぐ、がっ、ハッ」

——成功した！

「ホロウェイさん、やめて！」

息を吹き返したのなら、心肺蘇生《しんぱいそせい》は終わりだ。あとはこの世界の医師に任せるしかない。

「メルさん、わかりますか⁉」

「……セイラ、か……。俺は一体……？」

「暗殺者と戦って、湖に落ちたんです。でも良かった……」

「お前は、怪我は……ないん、だな……?」

苦しそうに何度も言葉を途切れさせながら、私を気遣ってくれるメルさん。

その言葉に泣き笑いの顔で小さく頷《うなず》くと、メルさんは安堵したように笑った。

「そうか、よかった……」

言ったきり、再び目を閉じてしまったメルさん。だが、呼吸は安定しているようだ。

「早く陛下を医師のところへ!」

「は、はい!!」

近衛兵が、数人がかりでメルさんを慎重に運んでいく。

残された私はホロウェイさんに庇《かば》われながら、その場を立ち去ったのだった。

9　束《つか》の間《ま》の休息

激動の数時間が過ぎたあと、私は自分の部屋にいた。軟禁されていた部屋ではなく、元いた部屋――『若緑《わかみどり》の間』である。

暗殺者は計十三人。リーダーの男以外は、全員命を落としている。リーダーの男だけは湖の縁《ふち》で瀕死《ひんし》の状態で発見され、今は地下牢に閉じ込められているそうだ。

下の階で小火《ぼや》を起こし、その騒ぎに乗じてあの部屋へ侵入したらしい暗殺者たち。

まだ彼らの依頼主は判明していないが、私が狙われたのははっきりしている。それを考えると、やはりあの四人のお嬢様たちのいずれかが怪しかった。

こんな事なら、依頼主の名前を聞いておくんだったと後悔する。冥土《めいど》の土産《みやげ》にと、教えてくれたかもしれないのに……

黒幕は誰だろうと推理していると、激しい音を立ててドアが開いた。

「セイラ様!!」

真っ赤に泣きはらした顔で部屋に飛び込んできたのは、ローリとイヴだった。

「ローリ！　イヴ！　よかった、無事だったのね！」

「セイラ様、よくぞご無事で……！　申し訳ございませんでした。私たちがおそばにいながら、お守りすることがかなわず……」

「何を言ってるの？　むしろ、私の方こそ巻き込んでしまってごめんなさい……」

彼女たちは完全に、私の暗殺計画に巻き込まれただけ。

「そ、そんな……おやめください！　セイラ様に非はありませんわ」

「悪いのは、畏《おそ》れ多くもセイラ様を排そうとした者でございます」

「二人は、まだ私の侍女でいてくれる？」

黒幕が捕まっていない以上、同じようなことが起きるかもしれない。私のそばにいる限り、二人もまた巻き込まれる危険性がある。

「当然でございます。私たちはセイラ様が立后《りっこう》されるまでは、嫌だと仰《おっしゃ》られてもおそばを離れません」

「……ありがとう」

「畏れ多い言葉にございます」

そう言ってニコリと笑った彼女たちのおかげで、気持ちが少し軽くなったのだった。


それから数日の間は、彼女たちとホロウェイさんと共に自室で静かに過ごした。

騒動のあと私の部屋は移されたものの、未だ軟禁状態は続いている。

私がメルさんのピアスを見せたことで、貴族たちはますます活発に動き出したのだ。

とはいえ私を敵視するゲインズ侯爵派と、私に擦り寄るセイラ派。城内の勢力はその二つに分かれつつある。

部屋にもたくさんの貴族がお見舞いに訪ねてくるが、「体調が優れない」と言って面会を拒否していた。

メルさんのお見舞いに行くことは許されていたが、我慢していた。今私がメルさんの部屋を訪ねると、色々と噂《うわさ》になりそうだからだ。

あの日以来、私について様々な噂が囁《ささや》かれているらしい。それらの噂は尾ひれを付けて変化しながら、私のもとにも届いていた。

——死んだ陛下を生き返らせた『聖女』。

——怪しげな魔術で、人の生死をも操《あやつ》る『魔女』。

——陛下が自ら連れ帰った『運命の女』。

——陛下を誑《たぶら》かす『魔性の女』。

「いつの間にか、私には色んな呼び名がつけられてるみたいね」

初めは戸惑っていたが、そう言って笑えるほど、心に余裕ができていた。

というのも、今日メルさんに関する良い知らせを聞いたからだ。

このピアスをしているためなのか、あの日以来、医師が毎日私の部屋を訪れ彼の病状を教えてくれている。

「陛下はもうご心配いらないでしょう。明日にはベッドからお出になることもできると思います」

先程、医師からそう笑顔で告げられたのだった。

「ありがとうございます、ご苦労様でした」

私がそう労《いたわ》ると、医師は遠慮がちに口を開いた。

「あのう」

「はい、何か？」

「セイラ様は、陛下をどのようにして死の淵《ふち》からお助けになられたのでしょうか？　あの場にいた者に聞いて回ったのですが、はっきりした答えが得られなかったのです。もしよろしければ、その方法をご教示くださいませんか？」

すがるような表情の医師を無下にできず、私は答えられる範囲で答えた。

医師は瞳をキラキラ輝かせてお礼を言うと、スキップに近い軽やかな足取りで部屋を出て行った。

――必要ない人にまで、しちゃいそうだな……。ま、この世界で心肺蘇生法《しんぱいそせい》が普及して、人が助かるならそれでいっか……

そう思い直し、私はメルさんの回復を心から喜ぶのだった。

◇◇◇

それからさらに数日後、ノックの音と同時に入室してくる者がいた。そんなことができるのは、一人しかいない。

——メルさんだ。

久しぶりに会う彼は記憶の中の彼よりも、少し細くなってしまっていた。だが弱々しい印象は全くなく、生気に満ち溢《あふ》れている。

「おかえりなさいっ、メルさん!!」

笑顔で立つメルさんを見た途端、抱きついていた。

「ただいま、セイラ。……ホロウェイから話は聞いた。すまなかったな」

メルさんはしっかりと私を受け止め、力強く抱きしめてくれる。

「身体はもう、平気なの？」

元気そうに見えても、少し前まで生死をさまよっていた……というか、一度心臓が止まった人だ。それにひびが入った肋骨《ろっこつ》は、治りきっていないはずだ。

思い出した私は慌《あわ》てて離れ、メルさんにカウチを勧《すす》める。そして、自分もその隣に座った。

「俺は一度、死んだらしいな。……だがお前のおかげで助かったと聞いた」

優しい瞳を向けてくるメルさん。

だが、まだ完全に以前のメルさんに戻ったわけではないのだろう。瞳の奥で、暗い炎がチラチラと揺れている。

「メルさん、ありがとう。私を暗殺者から助けてくれて」

あのときメルさんが来てくれなかったら、私はあそこで死んでいただろう。

「いや、俺の方こそセイラに助けられた。ありがとう」

その言葉を聞いて、メルさんに伝えるなら今しかないと思った。

「メルさん……私のことどう思う？　ただの、か弱い女だと思う？」

メルさんは、黙ったまま考えているようだ。

「確かに剣や弓で共に戦うことはできないわ。実際、私は暗殺者から逃げることしかできなかった。でもメルさんの命を救うことはできた。多くの人が、もう無理だと諦めたあなたを、助けることができた。それでもまだ、守られなければ生きていけない女だと思う？」

メルさんはしばし沈黙したあと、口を開いた。

「……俺は、お前が毒殺されかけたあの日から、お前を守ろうと必死だった。そのせいで、目がくもっていたのかもしれないな」

私は黙って続きを待つ。

全部、吐き出してもらおう。溜め込むから良くないのだ。

「皆の前で、俺にキスしたと聞いたが」

その言葉にはさすがに黙っておられず、私は口を挟む。

「……キスではなく、人工呼吸です。空気を、メルさんの口から直接送り込んだんです」

「だが周りの者には、キスにしか見えなかったようだぞ?」

そう言って、メルさんはいたずらっぽく笑った。

「見たこともないような処置だったと、医師が言っていた」

誇らしげに話すメルさん。

「お前の知識が、俺の命を繋いでくれたんだな。しかし正直、まだ信じられん」

今度は不思議そうな顔で、手を閉じたり開いたりしている。

「……そうだな、お前は強い」

ボソリと呟《つぶや》かれた言葉を聞いて、私の胸に希望が生まれた。

メルさんの心が、変化しようとしている。

「少し前に、昔の話をしてくれたよね？」

「ん？　ああ」

「もっと、詳しく教えてくれない？」

「……別に構わないが、面白い話ではないぞ」

メルさんは眉間《みけん》にシワを寄せて言う。

「いいんです」

「そうか。しかし何から話せばいいのか……。前にも言ったと思うが、俺の両親は俺が十六のときに亡くなった。暗殺されたんだ。証拠がなかったため犯人を捕まえることはできないまま、俺は死んだ父王の代わりに即位した」

——暗殺、か……。

だから私が毒殺されかけたとき、あれだけ敏感に反応したんだろう。

「だが何もわからないガキに国が治められるほど、この世界は甘くない。俺は貴族の操《あやつ》り人形、お飾りの王だった」

自嘲気味に話すメルさん。当時を思い出しているのだろうか？

それにしてもお飾りの王とは……今のメルさんからは想像もできない。

「数年かけて力を得た俺は、内政を立て直すため、腐りきっていた貴族を一掃した。そのとき、初めて人を斬った。両親の仇《かたき》だと思われる領主も斬り捨てた。公爵でありながら国費を横領し、私腹を肥やしていた祖父もだ。それからは、取り憑《つ》かれたかのように戦《いくさ》に明け暮れた。死神と呼ばれ出したのも、その頃だ」

この国に公爵がいない理由は、それだったのだ。

自分の親戚まで斬り捨てなければならなかったメルさん。でもメルさんは悪くない。腐りきっていた彼らが悪い。

それなのにメルさんは、自分を責めたのだろう。だからこんなにも、傷ついているのだ。

「メルさん、そのときちゃんと泣いた？」

私の問いに、メルさんは笑って答える。

「泣く、か……思えば泣く暇もなかったな」

私にも覚えがある。この世界に来たとき、生きていくことに必死で泣くことなんてできなかった。それに泣けば、心が折れてしまいそうな気がしていた。

「セイラ、胸を貸してくれるか？」

冗談ぽく、そう告げるメルさん。

私は立ち上がり、メルさんを抱きしめた。

「メルさん、泣こう。泣くことで、昇華される思いもあるんです！」

大の男が泣けと言われても、泣けないのは百も承知だ。

それでも、私の前では泣いてもいいのだと訴えることに意味がある。いつか本当に、私の胸で泣いてくれる日がくるかもしれない。

メルさんは押し黙ったまま、私に抱かれていた。

数分もの間、そのままじっとしていただろうか？

やがて、そっと私の腕を解いたメルさんは、スッキリした表情を見せた。

「泣けた？」

「ああ。……ありがとうな、セイラ」

涙の跡など一切ない顔で、メルさんは頷《うなず》く。だが、瞳の奥の暗い炎は消えていた。

再びカウチに腰掛けた私を、懐かしい笑顔を見せたメルさんが抱きしめる。

私も両手をメルさんの背に回した。

「大胆だなセイラ。俺以外の男に胸を貸すなよ、襲われるぞ」

「なっ、貸しません！」

以前のような軽口を叩くメルさんにホッとしたのも束《つか》の間《ま》、そのままカウチにドサリと押し倒された。

「へ？」

「……生死をさまよった婚約者との感動の再会だというのに、もっと色気のある反応はしてくれないのか？」

「ちょっと、展開が急かなあと思いまして……」

あははと笑って起き上がろうとしたが、メルさんの身体はびくともしない。私の首筋に口を這《は》わせながら、メルさんが言う。

「貴族たちに、ピアスを見せたらしいな」

ギクリとして、身体がこわばる。

「あれは、その場を収めるために仕方なくと言いますか……」

私はごにょごにょと言い訳してみた。

「勘違いするな。怒ってなどいないし、別に構わん。だが、もう婚約者として認識されているんだ。我慢する必要もなかろう？」

そう言って、嬉しそうに笑うメルさん。

――人の楽しそうな顔が、こんなにも怖いと思ったのは初めてだよ……。我慢って、やっぱりアレのことですよねえ……？

心の準備が全くできていない私は、慌《あわ》てて叫ぶ。

「だ、だめです！　骨に入ったひびが治るまでは禁止です!!」

「骨がくっつけばいいんだな?」

「い、いえだめです。ちゃんと医師から『完治』の言葉が聞けるまでは、お預けです!」

不満げな表情のメルさんを、何とかどけることに成功する。

……今のメルさんは、気合で骨をくっつけてしまいそう。

あのとき心肺蘇生法《しんぱいそせい》を教えてあげた医師なら、私のお願いを聞いてくれるかもしれない。今度お菓子でも持って、『可能な限り、メルさんに完治したと告げるのを延ばしてくれ』とお願いに行ってみよう。

心の準備ができるまでどうにか時間稼ぎをしようと、必死に頭を巡らすのだった。

10　告白

動けるようになってからというもの、メルさんは私の部屋を毎日訪れていた。もういっそのこと、この部屋に住めばいいのに……そう思えるくらい居着いている。

――まあ、もはや私たちの関係を隠す必要もないから、別にいいんだけどさ。

「セイラ、近いうちに王妃の私室――『深緋《こきひ》の間』に移れ」

ある夜、真剣な表情のメルさんに告げられた。

「それは……やめておきます」

「どうしてだ？　誰にも文句は言わせない。今度こそ、俺の手でお前を守る」

女なら誰でも嬉しいであろう言葉だったが、私は首を横に振る。

できることならすぐにでも頷《うなず》いて、彼の腕の中で守られてしまいたい。そんな気持ちを必死に抑え込む。

なぜなら婚約者とはいえ、未だ私の素性《すじょう》は不明なのである。

貴族に「陛下の後ろ盾のないお前など怖くない」と言われたとき、強く自覚した。

――認められていないんだ、と。

メルさんを救ったことで、城内での私の評価はグッと上がった。だが王妃を目指すのなら、もっと多くの国民の支持を得なければならないだろう。

十分な支持を得られていない今、王妃の私室である『深緋《こきひ》の間』に移動して、調子に乗っていると思われたくない。

「いえ、ここまで待ったんです。お言葉は嬉しいですが、立后《りっこう》後に堂々と胸を張って、部屋を移らせていただきたいと思います」

私は声に決意を滲《にじ》ませながら言う。

「俺の婚約者殿は、なかなかに頑固だな」

メルさんはそう言うと、笑って頷いたのだった。


暗殺未遂事件が二度も起こったのが信じられないほど、平穏な日々が続く。依然黒幕は捕まっていないものの、警備が強化されている今、さすがに自重しているのだろう。

そんな中、私とメルさんはお互いのことを理解し合う大切な時間を過ごしていた。

だが未だに、私は自分のことをほとんど話せていない。メルさんが昔のことや彼の両親のことを話すたび、胸が痛んだ。

彼の仕事がいつもより早く終わったある日の夜。

「時間もあることだし、カード遊びでもするか？」

食事を終えたあと、メルさんがそう尋《たず》ねてきた。

それを聞いて、私は覚悟を決める。

——これ以上、隠し事をしていたくない！　と。

「庭を散歩したいので、付き合ってもらえますか？」

電気のないこの世界、夜の庭を照らすものといえば月明かりだけ。花を楽しむには、暗すぎる。

それでもメルさんは理由も聞かず、優しく微笑んだ。

「たまには、夜の庭園散歩も楽しかろう」

私たちはホロウェイさんと数人の近衛兵を従えて外に出る。

少し冷たい風が吹いているものの、食事中にお酒を飲んだせいか温まっていた身体には、心地好かった。

花が月の光を浴びて、ぼんやり浮き上がって見える。視界が悪いためか、いつもより花の香りを強く感じた。

静かな庭に、ガシャガシャという剣の音が響く。私とメルさんを囲み、近衛兵たちが護衛をしているのだ。

城内は平和を取り戻したように見えるが、問題は何も解決していない。ジャクリーン様をはじめとする四人のお嬢様たちも、まだこの城に滞在している。

メルさんも、彼女たちの誰かが黒幕だと睨《にら》んでいるようだ。

だが今城から追い出せば、彼女たちを疑っていることが知られてしまう。証拠がない以上、強硬手段には出られない。

そんなわけで、近衛兵たちはピリピリしている。詳しくは知らされていないが、メルさんを守れなかったことで、色々あったらしい……。彼らは汚名を返上するため、何とか黒幕を捕まえようと躍起《やっき》になっている。

暗殺者の中で唯一《ゆいいつ》、生きたまま捕えられたリーダーの男は、現在地下牢にて厳しい取り調べを受けているという。

黒幕が早く捕まって欲しいと思う。でもその黒幕が私の知る人物であったなら、誰であろうとショックだ。何しろ殺したいと思われるほど、人から憎まれた経験などなかったのだから……。

だがその者の減刑を訴えるつもりはない。むしろ厳罰を望んでいる。

だって……怖い。

いつまた襲われるかと、神経をすり減らす日々。それにメルさんをあんな目に遭わせたことも許せない。

殺伐とした考えを洗い流してくれるような美しい月明かりに照らされながら、庭を歩く。

月を見上げていると、ここが異世界であるということが信じられなかった。

世界は違うのに、太陽も、月も同じ。元の世界と同じように、太陽は昇って沈み、月は満ち欠けをする。

本当に、ここはどこなんだろう。

お父さんやお母さん、それに紗枝たちは、元気にしているだろうか？

久しぶりの感傷に浸りながら、メルさんの手を握って無言で歩いた。

数分後、庭の中央に位置する東屋《あずまや》にたどり着いた私は、少し離れてついてくるウォーレン卿たちにお願いする。

「すみません、少しの間、陛下と二人にしていただけませんか？」

渋るウォーレン卿たち。あのような事件があったあとだけに、易々《やすやす》と頷《うなず》けないのだろう。

「ウォーレン、俺の剣を」

メルさんはウォーレン卿から剣を受け取ると、彼らを下がらせた。

「未だ敵は捕まっておりませぬゆえ、お気をつけください」

ウォーレン卿は頭を下げたあと、他の近衛兵と共に私たちから離れ、やがて完全に見えなくなった。

二人っきりになった庭園。耳を澄ますと、微《かす》かに虫の声が聞こえる。

東屋の中は、屋根があるため薄暗い。

周りに咲くモルガナが月明かりを受けて輝いている様は、とても幻想的だ。

そんな景色をぼんやり見ながら、どう切り出そうか迷っていると、メルさんが先に口を開いた。

「セイラ。俺に、何か隠していることがあるのだろう？」

「――っ！　どうしてわかったんですか？」

驚いてその顔を見上げた私に、メルさんはふっと笑いながら言う。

「ここ数日、ソワソワして落ち着きがなかったからだ」

ああ、ホントびっくりするくらい、私のことをよく見てくれてるなあ。

そんな些細《ささい》な変化に気付いてくれるメルさんから、愛を感じる。

――メルさんなら、受け止めてくれる。……きっと。

「メルさんには、いつか話そうって思っていたことがあるんです」

ここ数日、言おう、言おうと思っていたのに、勇気が出なくてズルズルと日にちだけが過ぎてしまった。

覚悟を決めて切り出したものの、メルさんがどんな反応をするのか、まだ少し怖い。

「それは、私の故郷のことなんです……」

向かい合ったまま話すには少し勇気が足りなくて、私は東屋の外に出た。

花のそばにしゃがみ込み、深呼吸する。

後ろから足音が聞こえる。おそらく、メルさんも東屋から出てきたのだろう。

「私の生まれ育った国は、この世界にはないんです。……たぶんですけどね」

モルガナをポキリと一本手折《たお》り、顔に近づけてくんと香りをかぐ。その爽《さわ》やかな香りで、少し心が落ち着いた。

「私の生まれた国は、日本っていうんです。太陽系の惑星の一つで、地球という星にある国家の一つ。聞いたことあります？」

ゆっくりと首を横に振るメルさん。

博識なメルさんでも知らないのだから、やはり全くの別世界なんだな、と改めて思い知らされた。

だが、不思議と焦燥感や絶望感が湧くことはなかった。

「地球には二百近い国があったけど、ブランシャールとかセフィラードという国はありませんでした。文化も産業も全然違います。言葉が悪いかもしれませんが、向こうの世界に比べるとこの世界は遅れてます。初めてこの世界に来たとき、過去にタイムスリップしたのかと思いました」

ほんの数年前のことなのに、随分《ずいぶん》昔のことのように感じる。当時を振り返ると懐かしくて、口元が少し緩んでしまう。

チラリと後ろを見てみたら、月明かりの下、真剣な表情で押し黙るメルさんの姿が見えた。

きちんと聞いてくれている。そのことに安心して、続きを話す。

今まで誰にも言えなかった、一人で抱え込むしかできなかった秘密。

あなたはそれを、分かち合ってくれますか……？

「私がメルさんを救えたのも、日本では一般的な心肺蘇生法《しんぱいそせい》という救命法の知識があったからです。まあ、一度や二度講習を受けただけの素人なんで、メルさんを助けられる自信はなかったんですけどね……」

恐れていた後遺症もなかったし、助けられて本当に良かったと、心から思う。

「それに臨時講師として教えている計算の知識も、日本では常識。私くらいできるのが普通なんです。私にはここに来た理由も、帰り方もわかりません。気付いたら、夜着のままこちらの世界にいたんです」

一瞬、携帯電話だけを持って……と言おうとして、やめた。携帯電話と言ってもわからないだろう。そんなことで話の流れを止めたくなかった。

「私がいたのは、セフィラードとブランシャールの国境の山。食糧も水もない状態で、三日間さまよいました。さすがにそのときは、死ぬんだろうなって思いました」

そこまで話したとき、じっと話を聞いていたメルさんが、突然目を閉じた。

「メルさん？」

「いや、すまない。続けてくれ」

思わず話を止めた私に、メルさんは先を促《うなが》す。

「……死んでしまう前にジーナさんたちに拾われて、今こうして生きている。本当に幸運だったなって思えるようになりました。でも、ふと思ったんです。『どうして私はここにいるのだろう?』って。特別な力も知識もなく、ここで果たすべき使命があるわけでもない。……まあ、そんなモノあっても困るんですけど」

ははは、と乾いた笑いが思わず漏れた。

ここに来た当初は、自分の存在理由を探していた。だが、探しても探しても見つからなかった。

おそらく偶然の事故みたいなものでここに来てしまったのだろうと結論づけたとき、足下が崩れていくような感覚を味わった。

でも、そんな理由、なくて良かった。

だって、メルさんとこうして出会えたんだから。

「望んで来た場所ではないけれど、この世界で生きる決心がつきました。メルさんのおかげです。それでも、帰りたいという気持ちが完全に消えたわけではないんです」

私は立ち上がって、空を見上げた。

大きな丸い月が、私たちを優しく照らしている。

「この世界で、前の世界と同じなのは……太陽と月だけ、かな」

そう言った途端、背後でザッという足音がした。

唐突に、強い力で抱きしめられる。

冷えた身体に、メルさんの体温が心地好い。

「……今の話、どう思います？　作り話だと思いますか？」

抱きしめられたまま、小さな声で呟《つぶや》く。メルさんは何も答えなかった。

「痛いよ、メルさん」

メルさんの力強い腕を解こうとしたがびくともしなかったので、すぐに諦めて寄りかかる。

しばらくの間、無言で抱きしめられていると、やがてメルさんの腕の力が弱まった。

「セイラがセイラであるなら、何でも構わない。たとえ人でなくても構わない」

そっと振り向いて見上げたら、メルさんは切なげに微笑んでいた。

「ただ、これからは夜散歩に行くときは声をかけてくれ。俺も一緒に行こう」

「別にいいですけど、どうして？」

唐突に脈略のない言葉を告げられ、きょとんとしてしまう。

「……お前はこの世の者ではないんじゃないかと、薄々思っていた」

「ええっ!?」

驚きのあまり、ムードをぶち壊すような色気のない声を上げてしまった。

苦笑するメルさん。

「村にいたとき、一度だけ、生まれ故郷の話をしてくれたのを覚えているか？」

そう問われ、メルさんが村で傭兵《ようへい》を捕まえてくれた見返りとして、一緒に過ごしたときのことを思い出す。

「確か、ピアスの話をした日ですよね？」

「そうだ。よく覚えているな。もう忘れているかと思っていた」

メルさんは私が覚えていたことが嬉しかったようで、笑みを浮かべる。

忘れるはずがない。一緒に過ごした日々は長くなかったが、私の宝物だった。

「あのときは、さすがに馬鹿馬鹿しいと思って口に出さなかったんだが……」

珍しく口篭《くちご》るメルさん。

「お前が故郷を思って話す姿が、余りにも儚《はかな》く見えてな。今にも消えてしまうんじゃないかと思った。……月の精かと、月が故郷なのかと一瞬本気で考えた」

メルさんに似合わないファンシーな台詞《せりふ》に、プッと噴き出してしまう。

「つ、月の精ですか？　私が……」

口に出すと堪《こら》えきれなくなり、ついには大笑いしてしまった。

ジロリとこちらを睨《にら》むメルさんの目元が、少し赤い。柄《がら》にもなく照れているのだろう。

「だが、さっきも思ったんだ。太陽と月だけが前の世界と同じだと話すお前は、いつか本当に月に帰ってしまうのではないかと。だから、これからは一人で月の下に行くな。もし、お前が元いた世界へ帰るための方法が見つかったら、俺も共に行こう」

メルさんが、そっと私の頬を撫でる。その手が温かい。

「冷えているな。これ以上外にいるのは良くないだろう。部屋に戻るぞ」

そう言うと、自分の上着をバサリと脱いで私に掛けてくれる。

望めば何でも手に入れることのできるこの人が、私だけを求めてくれる。

恵まれた環境を捨ててまで、共にあろうとしてくれる。

――今の言葉が、どれだけ嬉しいものだったのかわかる？　メルさん。

そっと心の中で呟《つぶや》く。

メルさんの優しさと香りに包まれたまま、月明かりの下、彼に寄り添いながら庭園を歩いた。

「ありがとう、メルさん」

「いや、この話をするのは、随分《ずいぶん》と覚悟がいっただろう？」

「……結局、言おう！　と決意してから五日かかりました」

自分で思っていた以上にヘタレだったようで、苦笑が漏れる。

「そうか、話してくれてありがとう。それに、今日で良かった」

「え？　どうしてですか？」

お礼は何となく理解できるが、『今日で良かった』という言葉の意味がわからない。

昨日でも明日でも、さほど変わらないと思うのだが……

「今日ならそんな不安なんぞ抱かせないくらい、愛してやれるからな」

「いつも、十分愛されているなって実感してますよ？」

「いや、いつも以上にな……」

クツクツと笑うメルさんを見て、一抹《いちまつ》の不安を覚える。

「メル……さん？」

「お前も重大発表をしてくれたんだ。俺もお返ししないとな」

「はあ……って、ま、まさか!!」

当たって欲しくない予感だが、これしか考えられない。

「今日医者から、完治したと告げられた」

「‼」

――やっぱり‼

「どうした？　怪我がやっと治ったんだ。喜んでくれないのか？」

「い、え……おめでとうございます。陛下」

身の危険を感じてわざとよそよそしい口調で言ってみたものの、無駄だということはわかりきっていた。

「なんだ、堅苦しいな。先程までは、メルと呼んでいたではなかったか？」

「え、いえ、その……」

「今日は時間もたっぷりあるんだし、二人で快気祝いといこう」

そう言うなり、私を抱き上げたメルさん。

――いわゆるお姫様抱っこというやつだ。

彼の顔を見上げれば、嬉しそうに笑っていた。

「待ってください。そんなこと、急に言われても……」

慌《あわ》ててメルさんの胸元をつかみ、ぎゅっと握りしめる。このままでは、部屋に連れ帰られてそのまま……

嫌じゃないんだけどっ！　正直自分のことでいっぱいいっぱいだったというか。不意打ちされた気分というかっ！

何とか時間を稼ごうと、あわあわしながら引きとめる。

「急も何もないだろう？　セイラが言い出したことだ。俺は大人しく待ったんだからな。医師を急《せ》かすことも、脅《おど》すこともなくな」

「そ、それは――」

「これ以上じらさないでくれ。それとも、ここがお望みなのか？」

「こっ、こっ、ここぉ!?」

赤くなったり青くなったりしている私を見て、メルさんは声を立てて笑う。

「冗談だ」

その言葉にホッとしてメルさんを見ると、優しい瞳が待っていた。

「ちょっ、メルさん！　からかうのもいい加減にしてくださいよ！　思わず信じて焦っちゃったじゃないですか！」

照れをごまかすため、少し大きな声で言う。

「そんな大きな声を出すと、ウォーレンたちに聞こえてしまうぞ？」

メルさんはククと笑いながら、焦る私をからかうように言った。

まさか！　と慌てて腕に抱かれたまま首を巡らす。そして彼らの姿が見えないことに安堵し、ホッと息を吐き出した。

「もう！　またそんなこと言って……」

「嘘だと思っているんだろう？　普通の話し声は届かぬ場所にいるだろうが、大きな声なら聞こえているかもしれないぞ？」

嘘つき呼ばわりされて心外だという風に、大仰《おおぎょう》に片眉を上げるメルさん。両手は私を抱くことでふさがっているので、表情だけでそう伝えてくる。きっと手が自由なら、肩をすくめていることだろう。

「じゃ、じゃあ、まさかこの体勢を見られて……」

「……マグワイアあたりは覗《のぞ》いているかもな」

確かに……！

真面目なウォーレン卿や大人なホロウェイさんは目を逸《そ》らしてくれていそうだが、お調子者のマグワイア卿は、茂みの陰からこちらを覗いていそうな気がする。

「下ります！　自分で歩けますから下ろしてください。骨にも良くないですし！」

「気にするな。それにさっき言っただろう？　完治したと。もう忘れてしまったのか？」

じたばたと暴れる私を気にも留めず、さっさと歩きだすメルさん。

慌てて、落ちないようにメルさんの首にしがみつく。

メルさんの長い脚で歩かれては、数分で城にたどり着いてしまう。

恥ずかしさのあまり、私はメルさんの胸に顔を埋《うず》めた。

そんな私の姿に、衛兵が『おや？』という表情を見せる。

「セイラ様、ご気分が優れないのですか？　すぐに医師をお呼びいたします」

今にも駆《か》け出していきそうな衛兵を、メルさんが「大事ない」と制する。

真っ赤になっている自覚のあった私は、顔を上げなかった。

「メ、メルさんっ！　手、手を動かすの、やめてください……！」

少し歩いたところで、他の人に聞こえないよう声をひそめて抗議する。

というのも、メルさんの手が時折怪しく身体を撫でるのだ。抱き上げたままだというのに、よくもまあ、こんな器用なことが……

「いいじゃないか」

「よくありません！」

そう言いながら私の腰を撫でていた手をペシッと叩く。

「俺の婚約者殿はワガママだな。あれもだめ、これもだめではつまらない」

「あれもこれもだめだなんて、言ってないじゃないですか！」

「そうか？　抱くのもだめ、触るのもだめと言ったではないか」

「それは……」

確かに言ったので、思わず言葉に詰まる私。

「ま、外で云々《うんぬん》に関しては、俺もあいつらに見せる趣味はないから安心しろ。だが、その他はお前の言い分を聞くつもりはない」

メルさんはすぐそばから私を見下ろし、口の端を意地悪そうに吊り上げた。

その表情を見て、私はヒイッと小さく悲鳴を上げて固まる。

結局、彼は私を一度も地に下ろすことなく歩き続けた。

「お前の部屋と俺の部屋、どちらが良い？　それくらいは考慮しよう」

咄嗟《とっさ》に尋《たず》ねられ、メルさんを見上げる。すると、その二択以外の回答は望んでいないと言わんばかりの強い瞳で見据《みす》えられた。

メルさんの私室はドアの前に常に衛兵が控えている。この状態で抱かれたまま行くのには抵抗があった。逃げることはできなさそうだと腹を括《くく》った私は、小さな声で呟《つぶや》く。

「わ、私の部屋でお願いします……」

「近い方を選んだな……待ちきれないのか？」

フッと笑みをこぼしたメルさんは、選んだ理由などわかっているくせに、愉《たの》しそうに私をからかった。

部屋に着くと、何やらいい香りが漂《ただよ》っていた。

いつも私がリラックスしたいときに灯《とも》してくれるキャンドルとは違う、甘い香りが立ち込めている。

「これは？」

「侍女が気を利かせてくれたんだろう。本当に有能な者たちだ」

「は、あ」

彼女たちが有能なのは認めるが、どうして私とメルさんがこうなることを知っていたんだろう？

頭の中を、ぐるぐると疑問が巡る。

「何でわかったのか、という顔だな」

メルさんは奥の寝室に入ると、私をそっとベッドに下ろした。

「え、はい。だって私が自分の部屋を選んだのは、ついさっきですし……」

「侍女たちは気付いてたんじゃないのか？　俺が毎日『まだ治ったと言わないのか』と医者に詰め寄っていたことは、有名だからな」

クツクツと笑うメルさん。

って、国王陛下に毎日毎日詰め寄られてたんなら、医者は絶対一日二日、完治を告げるのを早めたでしょ！

そんな思いを込めて、ジトリとメルさんを睨《にら》む。

「メルさん、さっき庭で『医師を急《せ》かすことも、脅《おど》すこともなかった』って言いませんでしたっけ？」

「ああ、脅しても急かしてもないだろう？　ただ毎日自分の健康状態を聞きに、医務室まで足を運んでいただけだ」

「わざわざ医務室に行ってたんですか⁉　呼び寄せるんじゃなくて？」

「ああ。毎日呼びつけては、申し訳ないだろう？」

意地悪く笑うメルさんだが、これは絶対に嘘だ。

「国王陛下であるメルさんが、毎日自分たちのところに足を運んでくる方がプレッシャーですよ‼　わざとでしょ！」

「そんなわけないだろう？　まあ、そんなこともあって医師がいつOKを出すのか、みな興味津々だったからな」

「でも、ローリやイヴまでがそうだったとは思えないんですが……」

「彼女たち自身、俺の健康に興味がなくとも、主《あるじ》であるお前に関わることだ。万が一、手筈《てはず》が整っていないとなれば、侍女の名折れだからな。マグワイアあたりに探りを入れていたのかもしれん」

ありえる……そう考えて部屋を見回すと、アロマキャンドルやらタオルやら、湯の入ったボウルやらがひどく気恥ずかしく感じる。

「でも部屋は……」

「そんなもの、どちらを選んでもいいようにしておけばいいだけの話だ。……さて、無駄話もほどほどにしておこうか。折角の彼女たちの心遣いだ。無下にするわけにもいかないしな」

獲物を見つけた肉食獣のような瞳で見据《みす》えられ、ビクリと身体が震える。

「ま、まずはお酒でも、いかがですか？」

このままベッドに腰掛けているのは危険だ！　と思って立ち上がり、ワインクーラーに入ったワインを示した。

そのまま自然にメルさんの横を通り過ぎようとしたとき、手首をつかまれ一瞬で視界が反転する。

気付いたときには、ベッドに押し倒されていた。

「——っ！」

抗議の声を上げるよりも早く、メルさんの唇によって口が塞《ふさ》がれた。

ぬるりとした熱い舌が、口腔《こうこう》を自由に這《は》い回る。歯列をなぞられ、甘い声を漏らしてしまう。

「ん、っふ」

長い長いキス。次第に息苦しくなってくる。

ようやく解放されたときには、もう何も考えられなくなっていた。

「酒などいらん。俺が今食べたいと思っているのは、セイラ、お前だけなんだから」

低い声で囁《ささや》かれ、私はついに観念したのだった。

◇　◇　◇

「うん……？」

目を覚まして声を出すと、少し掠《かす》れていた。

すでに陽は高く昇っているようだ。

ベッドの上には私一人。隣を触ってみたが、シーツはすでに冷たくなっている。

ゆっくりと、いつもの倍の時間をかけて身体を起こす。昨夜、これまでに経験したことのないほど激しく愛を交わしたため、身体のあちこちに違和感があった。

腰も、喉《のど》も痛い……でも気分は良かった。

ベッドから出て、カウチの背もたれにかけられていた私の服を取る。

湯浴《ゆあ》みをしたいなと思ったが、すでに身体は綺麗に清められていた。きっとメルさんが私が寝てしまったあと、拭いてくれたのだろう。

「ま、当然だけどね！」

何せ、昨日はさんざんいたぶられたのだから。

私はいつ眠りについたか全く覚えていない。覚えているのは、空が白み始めた頃、泣きながらもう赦《ゆる》してと頼んだときまでだ。

たぶん、気絶だか失神だかして落ちてしまったのだろう。

「初めてで、普通あそこまでする？」

……まあ、愛されてるなあ、とは思っちゃいますけど。

だけどそれ以上に、この先大丈夫だろうかと心配になる。

医師から完治を告げられたと言っていたが、それでも病《や》み上がりには違いない。本調子ではなかっただろう。

……メルさんが完全復活したら、私、翌日起きられるのかな？

あははは、と頭の中で乾いた笑いが起こる。

とはいえ、愛する人と一つになれたのだ。一人部屋でニヤけてしまうが、それぐらい許して欲しい。

だって、今までたくさん苦労したのだから。

「ああ、肉食男子、万歳!!」

Mっ気はないはずなのだが、目覚めてしまいそうだ。

——食べられたいと、思ってしまったなんて。

うふふふふ、と思い出し笑いをしていると、カチャリと音を立ててドアが開く。

裸であることを思い出し、慌《あわ》てて手に持っていた服で身体を隠した。

「何だ、起きていたのか?」

そう声をかけてきたのは、メルさんだった。

「服も着ずに、何をしているんだ?　まだ足りなかったのか?」

ニヤリとしながら、メルさんは私をからかう。

「お、おはよう、ございます」

婚約者であるとはいえ、メルさんと一夜を共にしたのは昨日が初めてだ。まだ少し気恥ずかしさがあり、真っ直ぐ顔を見ることができない。

「おはよう、と言うような時間ではないがな」

いけしゃあしゃあと、ツッコミを入れてくるメルさん。

誰のせいで起床がこんな時間になったと思っているのか……

「おかげさまで」

私の皮肉に、メルさんはクックツと笑う。

「メルさんはいつ起きたんですか？」

「ああ、いつも通りだ。隣の部屋で仕事をしていた。お前が目覚める前にここに戻っておくつもりだったんだがな」

いつも通りって、ほとんど寝てないんじゃ……本当に病み上がり？　タフすぎるでしょ！

ひくりと顔が引きつる。やはり、先程の考えは間違っていなかった。メルさんの体調が完全に回復したときが本当に恐ろしい。

「一応身体は清めたが、どうする？　湯浴《ゆあ》みをするか？」

未だ服を着ようとしない私の意図に気が付いたのだろうメルさんが、そう聞いてくれる。

「できれば、入りたいなと……」

こんな中途半端な時間に湯浴みの用意をしてもらうことに少々の申し訳なさを感じつ

つも、正直に答えた。

「問題ない。メイドを呼んでこよう」

そう言って寝室を出ようとしたメルさんの腕を慌《あわ》ててガシッとつかむ。

「どうした？」

「ひ、人は呼ばなくていいです。湯浴みの用意だけで」

「だが、身体が辛いだろう？」

「いいから！」

私が急に叫んだので、目を丸くするメルさん。

だが、すぐに理由に思い至ったようだ。

「ああ、なるほどな。しかしこれから先、毎日俺が湯浴みの用意をしてやるわけにもいくまい。腹を括《くく》れ」

そう言うと、笑いながら部屋を出て行ってしまった。

「ちょっと、待っ――」

思わず後を追いかけようと手を伸ばすが、裸で部屋から出ることはできない。閉じられた扉を憎々しげに睨《にら》みつけながら、胸中で罵《ののし》る。

――信じらんない！　あんの、性悪《しょうわる》！

身体中に咲いた赤い華――いわゆるキスマークを見下ろして、これを他人に見られるなんてと羞恥《しゅうち》に悶《もだ》える。

……ン？　なんか、恐ろしいことをさっき言われた気がするんだけど？

「あ！」

――毎日？　毎日って言ってたよね？　嘘でしょ……誰か嘘と言って!!

私の声なき絶叫を聞く者は、誰もいなかった。

あの森で初めて目を覚ました時は、まさか異世界で生きて行く決心をすることになるなんて、想像もしていなかった。

しかし、こうして愛しい人と身も心も一つになれた今、私の心に迷いはない。

これから先、どのような困難が待ち受けていようとも、自分で決めた人生を諦めない！

そう固く誓い、今夜も温かな胸に抱かれながら、そっと瞳を閉じるのだった。

書き下ろし番外編

お風呂って、本来癒しの場ですよね？

暗殺未遂の一件から、黒幕はずっと息を潜《ひそ》めたまま。そのせいで緊張感は保ちつつも、比較的穏やかな日々を過ごしている。

私とメルさんが初めて結ばれた朝に告げられた『毎日』発言は……残念ながら嘘ではなかった。

メルさんの傍で過ごすようになって知ったのだが、国王という仕事は私の想像以上に激務だった。椅子にふんぞり返っているだけではない。やれ会議だ、謁見《えっけん》だ、書類だとそれこそ分刻みのスケジュールが組まれている。

本来は国王の仕事ではないはずだが、メルさんは近衛隊や兵士の訓練にまで付き合っているようだ。マグワイア卿やホロウェイさんから聞いた話では、メルさんはこのときが仕事の中で一番生き生きとしているらしい。ちなみに次点はバカ貴族をいたぶ……いや、問題のある貴族に注意をしているとき。そのときは、実に愉《たの》しげに黒い笑みを見せているという。

一日中忙しく働いて、全くどこにそんな体力が残っているのだろうと思ってしまうが、メルさん曰《いわ》く『お前と過ごす時間が、俺にとっては安らぎ』だそうだ。

そう言われては、一人でゆっくり寝てくれとも言えないだろう。

……それに、本当はなんだかんだと言っても私も嬉しいのだ。これまで全然一緒に過ごせなかった日々を埋めるかのように、互いが求め合った。

メルさんの大きな身体に包まれると、ひどく安心する。

……でも、翌朝に待っている湯浴みの時間だけは、未だ慣れない。


「セイラ様、今日は何の香りにいたしますか？」

メイドさんの一人がそう言って声を掛けてくる。

「じゃあ、リラックスできるものを……」

「かしこまりました。では、こちらの香りにいたしましょう」

そう言ってメイドさんは透明の香油をバスタブの中にたっぷりと垂らす。温かい湯にオイルが溶け広がり、浴室中に何とも言えない良い香りが漂う。

「では、セイラ様。お足もとにお気を付け下さいませ」

「お手をこちらに」

「お湯加減はいかがでございましょう？」

私を浴槽《バスタブ》に沈めながら、入浴係のメイドさんたちは皆いい笑顔で尋《たず》ねてくる。

「だ、大丈夫よ……ありがとう……」

私は少し顔を引きつらせながらそう答えるが、決して彼女たちが嫌いなわけではないのだ。ただ日本のごく平均的な家庭に生まれ育った私としては、お風呂は一人で気楽に入りたいだけである。

もちろん日本で銭湯や露天風呂といった多人数で入浴した経験は私にだってあるし、そのときはこんなこと思わなかった。

少なくとも、あのときは皆同じ条件だったからだ……つまり、全員が裸。

でも今は違う！

――私以外の人は、服着たままってひどくない？

「……これは、羞恥《しゅうち》プレイですか？」

「は？　申し訳ございません。セイラ様、今何か仰《おっしゃ》いましたか？」

声に出てしまっていたようだ。

一番近くにいた私の髪を洗ってくれているメイドさんが、聞き取れなかったことを申し訳なさそうに尋ねてきたので、慌《あわ》てて首を横に振る。

「いえ……」

「何かございましたら、なんなりと申し付けくださいませ」

そう言ってメイドさんは洗髪を再開した。

その間にも他のメイドさんによって、爪の手入れやら、肌の手入れやら、されるがままなのだ……

せっかくリラックス効果のあるという香油を入れてもらっても、これではリラックスできようはずもない。一人でゆっくり……なんて贅沢は言わないから、せめて身体が見えないようにしてくれないかな……

さすがに服を着たまま入浴は変だろう。ならばタオルの一枚でも……とはいえ、結局は身体を洗えないと取られてしまうのは目に見えている。いっそのこと、水が透明じゃなきゃ良かったのに！

――ん？　水が、透明じゃやない？

思いついたナイスアイディアに、急いで身を起こそうとした私は危うく湯船で溺れかける。

「セイラ様！」

ていた。

「大丈夫でございますか？」

メイドさんたちに救出されながらも、私の頭の中はグルグルとそのことだけが渦巻いていた。

正式な王妃でない私が誰よりも持っているもの――それは時間だ。暇を持て余している私は、思いついたことを何とか実現させようと試みる。

とはいえ日本では常識人を自負していた私も、この世界ではまだまだ非常識なときがある。

そのためまずは信頼できる人物――ローリにいくつか尋《たず》ねてみることにした。

「ローリ、ちょっといいかしら？　教えてほしいことがあるんだけど……」

「もちろん構いませんわ、いかがされました？」

「……母乳の出ない母親はどうしてるの？　誰かお乳の出る人に分けてもらうの？　それとも母乳の代わりになるようなものがあるのかしら？」

粉ミルクや脱脂粉乳があるか聞きたいのだが、これまで私はこの世界でそれらを見たことがない。そのためその言葉を言うのは躊躇《ためら》われ、こういった遠回しな質問になってしまったのだが、なんというか……失敗したようだ。

「まっ、まさ、か……セイラ様ご懐妊ですか⁉　こ、このことは陛下には？　大変！ただちに陛下にお伝え――」

そう言って部屋を出て行こうとするローリを何とか間一髪捕まえることができた。

「ローリ、落ち着いて。違うから」

なんとか事情を説明しようとする私に向かって、ローリはいつものしとやかさはどこへ行ったのだと思うほど強引に、私の背を押してベッドルームへと連れて行く。

「セイラ様、私にまで隠さなくとも良いではないですか！　私はいつでもセイラ様の味方でございますのに……そのような不安なお顔をされなくとも大丈夫でございます。陛下だって喜んでくださいますとも！」

「ロッ、ローリ？」

私を強引にベッドに寝かせると、ローリはめったに出すことのない大声で、隣室にて作業中のイヴに声を掛ける。

「イヴ！　来てちょうだい！」

「あの、ローリさん？」

「大変だわ、こうしてはいられないわ。きっと婚姻の儀も早まるわね。お腹の目立たない内に、と陛下は仰《おっしゃ》るでしょうし……仕立て職人に、宝石職人、料理人とも話をしなくては……」

大変なことになってしまった。ローリの頭の中では、完全に私は妊娠したことになっている。こうしてはいられないと、今にも部屋を飛び出していきそうなローリの腕をしっかりと掴む。

そして普段は呼ばない彼女のフルネームを、固い声で告げる。

「ローリ・ソマーズ子爵令嬢、落ち着きなさい」

私の真面目な声音に一瞬ビクリとしたローリは、目をぱちくりとさせながら私を振り返る。

「……セイラ様、申し訳ございません。つい浮かれてしまい、お恥ずかしい限りですわ」

「いいの、驚かせたわね。でもはっきりと言っておくわ。私は妊娠していない。それは確かよ」

「妊娠、でございますか？」

先程ローリが呼んだからだろう、イヴがタイミングよく部屋に現れる。

「イヴも、誤解しないでね。私は妊娠していないわよ」

イヴにまで誤解されては事態が収拾できないと、私は先に言ってしまう。

「あの、なぜセイラ様が妊娠などという話に？」

困惑した様子でイヴが尋ねてきたので、これ幸いと先程のやり取りを話した。

するとイヴは納得したように微笑んで見せる。

「ローリが誤解したのも無理ありません。そのようなご質問を突然されたのでは……それに私たちは、陛下とセイラ様が非常に仲睦まじいことも存じておりますし」

その言葉には笑ってごまかすしかなかった。どこに行っても恥ずかしい……この世界にはプライバシーという言葉はないのか！

結果としては、粉ミルクはあった。とはいえ、まだ新しく一般的に普及はしていないらしい。

それならば、にごり湯ができそうだ。私はニンマリと笑った。

「セイラ様、今日の香りはどれになさいますか？」

いつもと同じように尋ねてきた入浴係に向かって、私はジャム程の大きさの瓶を手渡した。

「これは……？」

「今日は、これも一緒に混ぜてちょうだい。香りは……そうね、リフレッシュできるものがいいかしら？」

「はあ……かしこまりました」

戸惑った様子ながらも、私に言われるまま瓶の中身と一本の香油を浴槽に流し込む。

「あっ……」

お湯は見る見るうちに乳白色に変わり、辺り一面には爽《さわ》やかな香りが立ち込める。

「申し訳ございません……すぐに、すぐにお湯をお取替えいたしますので！」

あわててお湯を捨てようとするメイドさんを止める。

「いいの、いいの。こういうお湯なの。私の持ってきた瓶が、お湯を濁《にご》らせたの。あなたたちには何の落ち度もないわ、安心して」

そう言いながら、ゆっくりと身体を湯に沈める。

「は、はあ……」

「ああー！　気持ちいい！」

粉ミルクとはいえ現代の物とは違い味も香りも少ないため、湯の邪魔にならない。綺麗な白色になっただけだ。それに身体にも悪くないだろう。赤ちゃんが飲むものなんだから。

「それでは、失礼いたします」

私が気持ちよさそうにしているのを見て、気を取り直したメイドさんたちがいつものように私の身体を洗い始める。

昨日までならゆらゆらとした湯の中に自分の裸体が見えていたのだが、今日は何も見えない。

素晴らしい!!　身体が見えなくなるだけで、これほどストレスが減るとは！

手と足を浴槽から出して、のびをすれば、昨夜の疲れも取れるような気がした。

これでようやく入浴が癒しの時間になった!!

その日の夜、部屋へとやって来たメルさんに、私は今朝試したばかりの入浴剤の話をする。

「こっちはにごり湯って一般的ではないんですね」

「そうだな、香油を垂らすことがほとんどだな。あちらには色々な種類があったのか？」

「お風呂文化ですからね。大きなお風呂に見ず知らずの人たちと入ったり、屋外で湯に入ったり……」

私の言葉にメルさんはギョッとしたようすでこちらを見る。

「見ず知らずの者と？　屋外で？」

「……もちろん同性ですよ？　それに屋外って言っても、ちゃんと他からは見えないように工夫されてますからね」

なんだか変な誤解をされていそうなので慌《あわ》てて説明をしたことで、メルさんもなんとか納得できたようだ。……混浴の話はしない方が良いだろう。

私は気を取り直してお風呂の説明を続ける。

「えーと、何でしたっけ？　あ、そうだ！　入浴剤って一言で言っても、何十種類もあったと思いますよ。あと、入浴剤を使わなくても、もともと身体にいい成分が含まれているお湯もあるんです。日本の温泉街を思い出すと、炭酸泉とか硫黄泉とか……」

「それは、どんな湯なんだ？」

「そうですね……卵が腐ったような匂いがします」

私の言葉に、メルさんは何とも複雑な顔をする。

「……汚れが落ちる気がしないんだが？」

「大丈夫、しっとりつるつるのお肌になりますよ」

そう説明をしても、メルさんは納得出来かねるようだ。まあ実際に入ってみなければ温泉の気持ちよさはわからないだろう。

「他にはどんな風呂があるんだ？」

硫黄温泉にはあまりいい反応をしなかったものの、日本の――というか私の育った文化が気になるのだろう。メルさんは興味深そうに尋ねてきた。

「そうですね……ジェットバスや電気風呂、それに泡風呂なんてものもあります」

「泡風呂……」

この中では唯一想像できたのだろう。メルさんが興味を持ったようだ。

「その名の通り泡のお風呂です。これならここでも再現可能かもしれませんね」

そういうとメルさんはニヤリと笑う。

「いいな。面白そうだ」

その笑いに身体がぞわりとした。

「お風呂は、ゆっくりのんびり入るものですよ、ね？」

「そうだ。泡風呂とやらに、一緒にゆっくりと入るか」

……意図的にのんびりを取りましたね？　それにさりげなく一緒にとか言わないでください。夜も毎晩、朝も一緒にお風呂とか、私を殺す気ですか！

「お風呂は一人で入るものです」

我が身可愛さに、私はきっぱりと言い切った。

「さっき見知らぬ者と一緒に入ると言っていただろう。確かに俺は女性ではないが、知らない仲でもないんだ、問題ないだろう？」

「ぐ……無理です……それに！　大きなお風呂でって私言ったじゃないですか」

私が普段は言っているお風呂は、いわゆる一人用のバスタブだ。手足を伸ばせる十分な大きさはあるが、身体の大きなメルさんとでは入れない。

「心配するな。俺の風呂はでかい。俺が五人いたとしても十分入れる」

「なっ、そんな……」

口をパクパクとさせたまま、言葉に詰まった私を見て、メルさんは笑う。

「とりあえず、泡風呂を急いで作らせよう。これなら説明すれば簡単に作れるだろう。明日の朝までにはな」


――入浴剤なんて、作るんじゃなかった!!

私の叫び声はメルさんの唇によって塞がれ、誰も聞くことはなかった。

レジーナブックスは新感覚のファンタジー小説レーベルです。
ロゴマークのモチーフによって、その書籍の傾向がわかります。
異世界トリップ
剣と魔法
恋愛
Web限定!
Webサイトでは、新刊情報や、
ここでしか読めない、書籍の番外編小説も!
新感覚ファンタジーレーベル
レジーナブックス
Regina
レジーナブックス
Regina
いますぐアクセス!
レジーナブックス
検索
http://www.regina-books.com/
RB
レジーナ文庫
創刊!
あの人気タイトルも
文庫で読める!
今後も続々刊行予定!

本書は、2013年11月当社より単行本として刊行されたものに書き下ろしを加えて文庫化したものです。

レジーナ文庫

普通《ふつう》のOLがトリップしたらどうなる、こうなる1

雨宮茉莉《あまみやまり》

2015年1月20日初版発行

文庫編集－橋本奈美子・羽藤瞳
編集長－塙綾子
発行者－梶本雄介
発行所－株式会社アルファポリス
〒150-6005 東京都渋谷区恵比寿4-20-3 恵比寿ガーデンプレイスタワー5階
TEL 03-6277-1601（営業） 03-6277-1602（編集）
URL http://www.alphapolis.co.jp/
発売元－株式会社星雲社
〒112-0012東京都文京区大塚3-21-10
TEL 03-3947-1021
装丁・本文イラスト－日向ろこ
装丁デザイン－ansyyqdesign
印刷－大日本印刷株式会社

価格はカバーに表示されてあります。
落丁乱丁の場合はアルファポリスまでご連絡ください。
送料は小社負担でお取り替えします。

ISBN978-4-434-20091-5 C0193